I0656447

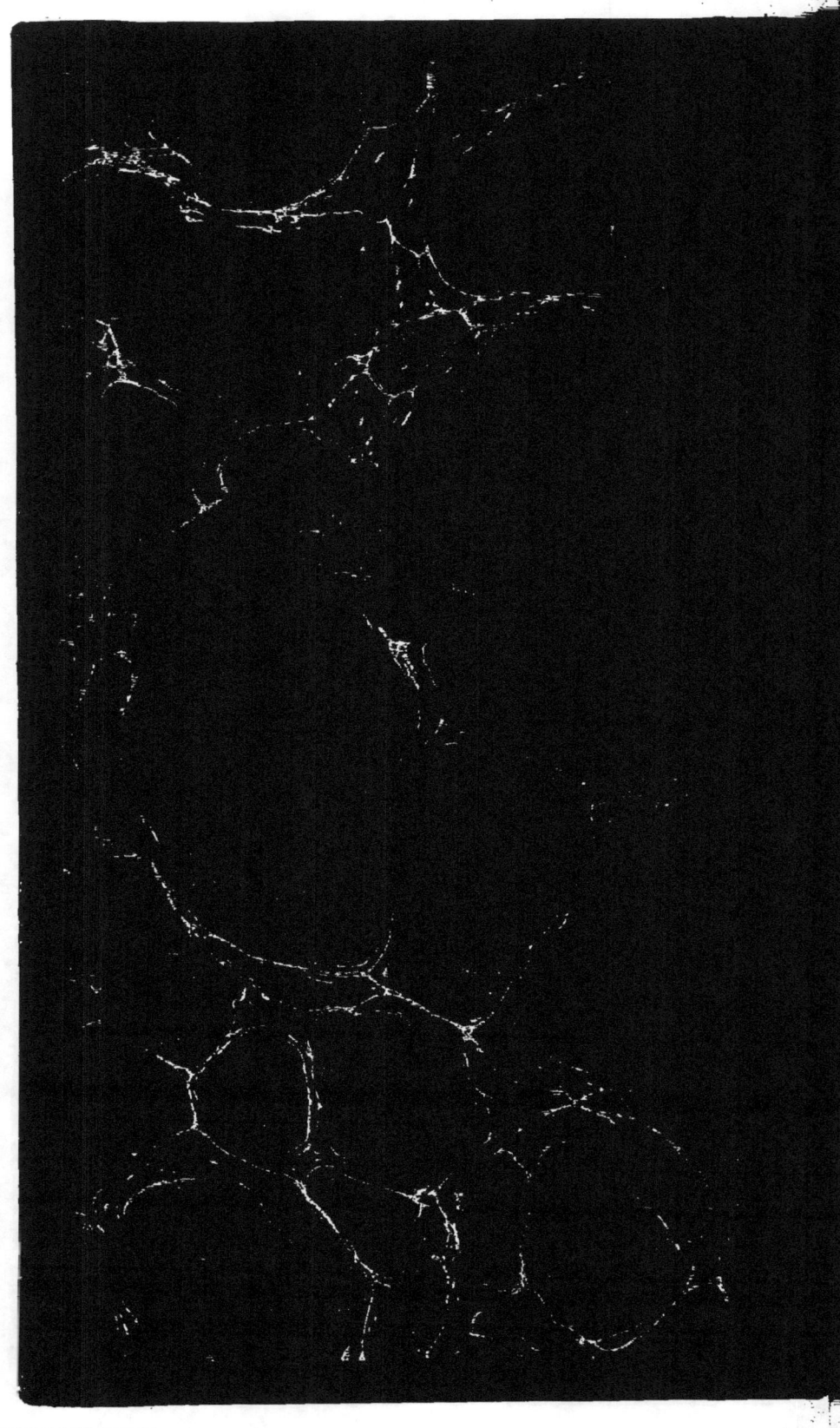

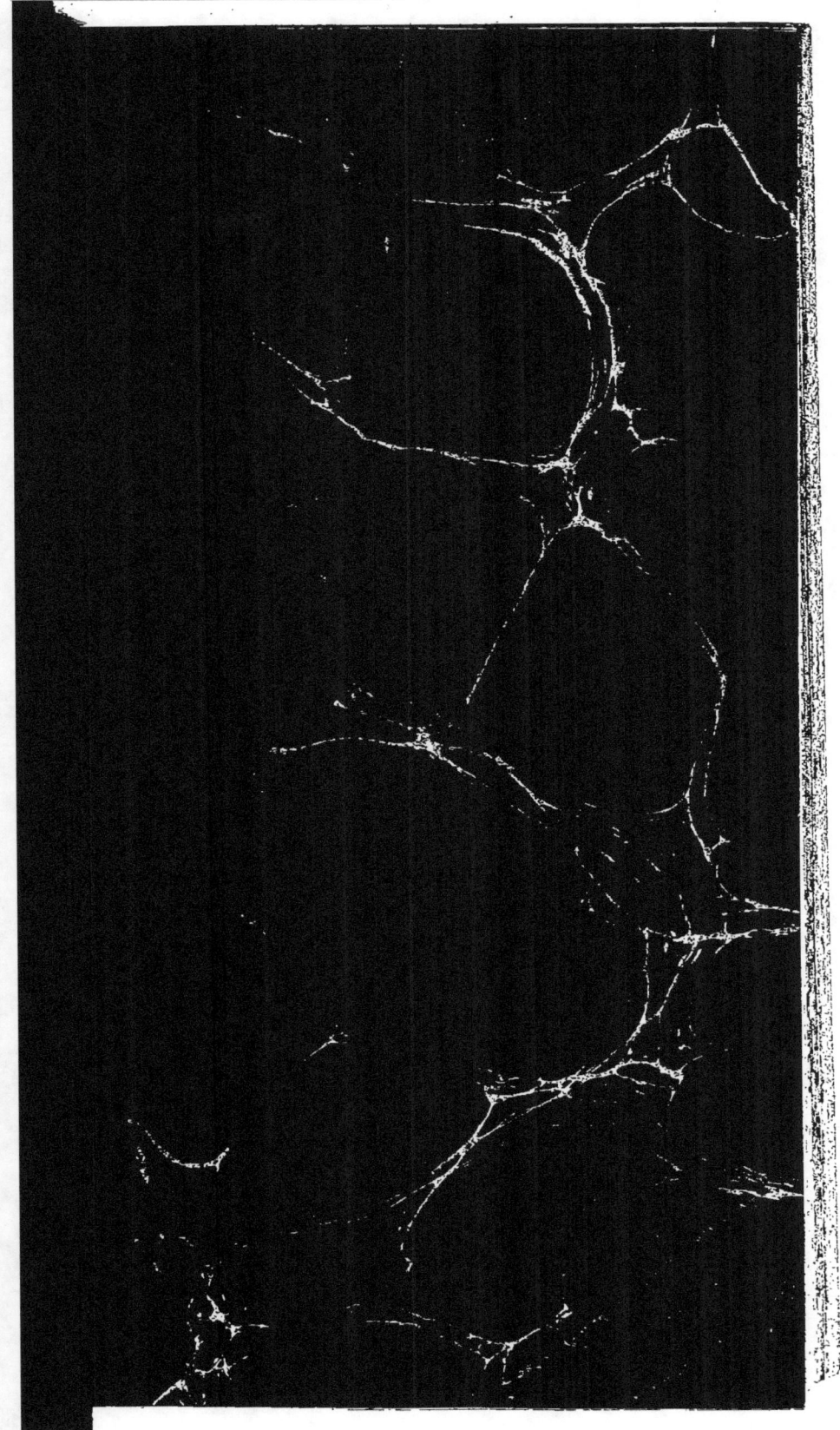

26594

MANDRAGORES.

LA CROIX-ROUSSE (LYON). — IMPRIMERIE DE TH. LÉPAGNEZ.

MANDRAGORES

POÉSIES

PAR

J.-X. LIROU-BASTIDE.

PARIS,

COMON ET Cᴵᴱ, ÉDITEURS,

QUAI MALAQUAIS, 15.

1844.

PRÉFACE.

L'histoire naturelle a été pour les peuples primitifs et civilisés, une source intarissable où la poésie est venue puiser, afin d'agrandir le cercle de ses idées et varier à l'infini la couleur de ses tableaux. L'Ecriture-Sainte étincelle d'images et de comparaisons empruntées à la contemplation de la nature, et la muse grecque et latine, éblouie par les merveilles de la création, en oublie le maître et divinise ses œuvres.

Oui, certes! l'étude des passions humaines fait les poètes grands, mais celle de la nature les fait peintres, et rarement on est digne du premier titre si l'on n'a mérité le second.

Mais si, lorsque les sciences naturelles étaient un chaos, un labyrinthe inextricable, où l'on n'avait aucun flambeau pour se reconnaître, aucun fil pour se conduire, il a été permis à celui qui faisait incursion dans leur domaine, de s'y égarer ou de se méprendre, en doit-il être ainsi aujourd'hui que les travaux des savants modernes ont si largement déblayé et si splendidement éclairé ce dédale? Aristée pourrait-il faire naître ses abeilles du cuir putréfié d'un bœuf, et Voltaire serait-il en droit de persifler les prétendues anguilles de Néedham, écloses dans un peu de farine détrempée? Faut-il prendre des squales pour des cétacés, et des bruyères pour des thyms? nous ne le pensons pas. Libre à chacun de vaguer à son gré dans le monde métaphysique, en respectant toutefois la morale et les croyances établies ; mais, à moins d'en avoir fait une étude approfondie, il n'est permis à personne de brouiller ou de confondre les idées admises sur le monde matériel. On ne devrait emprunter des comparaisons aux sciences naturelles que lorsqu'on connaît la valeur du mot employé et l'objet auquel il s'applique.

Le spirituel auteur des *Guêpes* a déjà fait ample et bonne justice de quelques-unes de ces expressions hasardées. Mais tout en applaudissant à sa laborieuse croisade, nous ne voyons pas d'inconvénient à ce que la race noire et même la blanche, danse *sous* les gigantesques fougères des tropiques ; et nous permettrons volontiers aux habitants des zônes tempérées de danser à leur tour *sur* des fougères naines, s'il prend envie à quelque amateur de faire une pelouse avec des Botrychies, des Acrostics et des Ophioglosses: le tout est de s'entendre sur le mot *fougère* qui n'est pas un nom de genre mais un nom de famille.

Nous laisserons aussi le poète marier la Rose odorante *avec* le Crysanthème, parce que, d'abord, toutes les roses sont odorantes pour le poète, et qu'ensuite les crysanthèmes fleurissent dans nos champs — ou dans nos jardins — depuis le mois d'avril jusqu'au mois de novembre : mais nous oserons blâmer ce vers de Virgile :

Alba Ligustra cadunt, Vaccinia nigra Leguntur.

Il est inexplicable si Ligustra signifie troëne et Vaccinia myrtille, car le fruit de ces deux arbrisseaux est également noir; et tandis qu'on fait de très-jolis bouquets avec les Thyrses blancs du premier, on foule aux pieds les grelots roses du second. Les habitudes peuvent avoir changé,

sans doute, mais la floraison et la fructification
des deux végétaux étant restées les mêmes, faute
d'être assez explicative, la comparaison de
Corydon n'est pas juste; il fallait dire : On délaisse les fleurs blanches du troëne et l'on re-
cueille les baies noires du myrtille.

C'est avec ces idées que nous sommes entrés
dans la carrière et que nous avons essayé de re-
produire quelques-unes des beautés de l'histoire
naturelle : nous avons choisi de préférence celles
de nos climats. Ce n'est pas que nous ayons dédaigné la Flore et la Faune des tropiques où les
fleurs sont plus belles, les oiseaux vêtus d'un
plumage plus éclatant, les mollusques recouverts de coquilles nuancées de couleurs plus at-
trayantes : nous avons cru que pour rendre
toute la poésie des contrées lointaines il fallait
en avoir étudié soi-même — et sur les lieux —

les mystères et les beautés. On s'expose à d'étranges erreurs en décrivant les sites d'après les voyageurs, les oiseaux d'après les collections, et les fleurs d'après les peintres. Il est bien vrai que de nos jours on décrit, on conserve, on dessine aussi bien qu'il est possible à l'homme de le faire, mais il nous a semblé que le poëte pour rendre dignement les paysages du Nouveau-Monde, les chants du Bengali, les jeux de l'Oiseau-mouche ou ses grands combats avec les insectes, avait besoin d'être imprégné du parfum, des harmonies, du soleil sous lequel s'épanouissent les pétales magnifiques des Caccus, des Nélumbiums, et des Magnolias.

Il nous souvient d'avoir vu, bien jeune encore, une fleur charmante grimper sur un mur en ruine, où elle se suspendait aux souches moussues du lierre et aux tiges élancées de la vigne vierge : c'était une Passiflore, avec sa large

corolle violette dont le cercle de filaments ressemble à une couronne d'épines, les styles à des
clous implantés sur l'ovaire, la feuille au fer
d'une lance antique, et les vrilles allongées à
des fouets de discipline. La naïve admiration
des premiers chrétiens qui la virent en Europe
lui a valu le nom de *Fleur de la passion*. Aban-
donnée à elle-même, sous le soleil du midi, la
plante mexicaine avait une vigueur et une grace
indéfinissable dans ses vagabondes allures; et
nous la saluâmes, nous, comme une belle com-
patriote. Plus tard, nous la vîmes emprisonnée
dans un joli cadre d'osier et précieusement
conservée dans une serre chaude : alors on nous
apprit que la Passiflore était un végétal exotique.
Sans doute elle était belle encore, mais toute
la poésie en avait disparu.

Et maintenant avons-nous été vrais dans la
peinture des sujets pris à l'histoire naturelle des

pays que nous avons parcourus ? Avons-nous
écrit de telle sorte que l'on puisse apprendre et
se délasser en nous lisant ? Il ne nous appartient
pas de prononcer ; mais c'était notre but, et nous
avons fait tous nos efforts pour l'atteindre, sans
nous dissimuler notre faiblesse et nos imperfec-
tions. Il nous semble cependant que cette poésie
du monde physique n'avait pas encore été exa-
minée du point de vue où nous l'avons prise,
et nous ne pensons pas qu'on veuille nous faire
un crime d'avoir introduit des mots techniques
dans la littérature moderne, si audacieuse et si
peu délicate en fait d'expressions.

Il reste à nous laver d'un reproche qui pourrait nous être adressé à propos de certaines
phrases dans lesquelles le poète a l'air d'insinuer
que l'homme arrive au doute métaphysique par
l'analyse ou la synthèse du monde visible. Une
semblable assertion serait pour le moins intem-

pestive dans notre siècle où l'étude des sciences naturelles semble être un des besoins de l'Époque. Jamais dans cette partie des connaissances humaines les découvertes ne furent plus nombreuses, plus variées, plus exactes, plus intéressantes. Les Prométhées modernes ont fouillé les éléments primitifs, non pas comme l'orgueilleux Titan de la fable, pour ravir le feu du ciel afin de s'égaler à Dieu, mais pour admirer et glorifier le Créateur en pénétrant dans les mystères de son œuvre, autant qu'il a été donné à l'homme d'y pénétrer jusqu'ici. Toutes les fois qu'elle ne dépasse point les lois éternelles et immuables de la morale, nul n'a le droit d'entraver la marche de la science et de lui crier : Tu n'iras pas plus loin! parce que nul ne sait quelle est la borne que Dieu a posée au développement de l'intelligence humaine. Chercher à connaître les secrets du monde matériel pour remonter jusqu'à Dieu, ce n'est pas insulter l'ouvrier divin, c'est vouloir s'initier à lui par la plus précieuse et la plus sainte des facultés qu'il ait misés en nous, l'intelligence!

Le doute tourmente notre époque; mais est-ce aux progrès de l'histoire naturelle qu'il faut s'en prendre? Non. Nous n'avons pas reçu le principe sacré de la lumière pour en étouffer les rayons sous le boisseau. Nous croyons intimément avec Bossuet que l'homme doute parce qu'il ne sait pas; et nous ajouterons, sans lui, qu'il se décourage parce qu'il sait mal.

J.-X. Lirou-Bastide.

Les Dunes.

—

A Dieulafait

—

Nescio quâ natale solum dulcedine cunctos ducit,
Et immemores non sinit esse sui.

(OVIDE).

LES DUNES.

—

I.

Frère ! sais-tu pourquoi les miasmes fétides
Qu'exhalent au matin nos palus méotides,
 Cloaques limoneux,
D'un poids moins suffocant tourmentent nos poitrines
Quand le soir a bruni de nos steppes marines
 Les vallons sablonneux ?

Sais-tu pourquoi l'on aime à prendre sa volée,
Comme le goëland, par la dune salée
    Que vient baigner le flot;
Tandis que près de nous, et sourde et monotone,
L'incessante clameur de la vague qui tonne,
    Bruît comme un sanglot?

Sais-tu pourquoi l'enfance échappée aux études
Visite, l'œil joyeux, ces grises solitudes
    Où le taureau bondit?
Pourquoi la vierge heureuse en aime le mystère?
Et pourquoi, face à face avec Dieu sur la terre,
    Le poëte y grandit?

Frère! c'est qu'au printemps la plus jeune des Fées
Arrose de parfums ces landes étouffées,
    Où la brise en courant
Et buvant les soupirs des fleurs aromatiques,
Chasse les gaz impurs de nos lacs méphytiques
    Dans son vol odorant.

C'est qu'aux baisers des vents, sur la plaine de sable,
Un long tapis de fleurs ondule, inépuisable,
    Sous un fond de saphir,
Et qu'on dirait alors qu'à travers nos savanes
Passent, comme au désert, les riches caravanes
    De Sidon ou d'Ophir.

C'est que le pauvre enfant, la vierge, le poète,
Libres comme le ciel arrondi sur leur tête,
    Respirent en ce lieu,
Et que rien n'y distrait leur ame qui s'élance
Dans un ravissement d'extatique silence,
    Jusques au sein de Dieu !

II.

Aussi quand, feuilletant mes heures dépensées,
Je me sentais le cœur gros d'amères pensées,
Sans force à l'âge heureux où tout est vie en nous;
Et que mon front, plissé d'une ride profonde,
Aux souvenirs lointains de ma jeunesse blonde,
  Tombait, pâle, sur mes genoux,

J'abandonnais mes sens aux extases d'un rêve
Qui me rendait mes fleurs et mes jeux sur la grève,
Mes sables chatoyants au soleil de midi :
Et ces illusions vivifiaient mon ame,
Comme dans l'infortune un sourire de femme
  Réchauffe le cœur engourdi.

Et lorsque, après six ans d'absence aventureuse,
Dieu les rendit encore à ma vue amoureuse,
Ces ravissants déserts parsemés d'oasis ;
J'adorai le Seigneur et bénis mes naufrages,
Comme si l'avenir après six ans d'orages
       M'allait faire des jours choisis.

Ces tableaux parfumés de la rive natale
Qu'en songe m'avait peint la muse orientale
Se dressaient devant moi, beaux de réalité.
Et le cadre imparfait de mes nuits fantastiques
Semblait multiplier ses teintes poétiques
       Au soleil de la vérité :

C'étaient les follets bleus rôdant aux heures vagues
Où les bateaux pécheurs accroupis sur les vagues,
Comme des poissons morts flottent sur les grapins,
Ou le vol effaré des grands oiseaux nocturnes,
Qui s'éveillent, froissant dans les bois taciturnes
       La chevelure des vieux pins.

Et quand l'aube venait chassant, l'une après l'une,
Les lames que la nuit égara sur la dune,
Je ramassais, joyeux, avide, triomphant,
La pholade nacrée aux valves demi-closes,
Les murex anguleux, et les tellines roses
    Qui furent mes jouets d'enfant.

Je disputais au crabe, à la mauve hardie,
L'hippocampe expirant sur la grève tiédie ;
La mactre, et l'oursin bleu cuirassé d'aiguillons ;
Ou je poussais à flot ces brillantes méduses,
Diaphanes tissus, qui sous les eaux confuses
    Voguent comme des pavillons.

Mais bientôt le soleil éclairait l'étendue.
La goutte de rosée aux feuilles suspendue,
S'évaporait dans l'air plein de molles senteurs,
Et des épis soyeux, des thyrses, des panaches,
Moiraient par intervalle, à l'horizon sans taches,
    La steppe grise et ses hauteurs.

III.

Alors, moi qui doutais, — parce que l'ame doute
Quand l'esprit analyse et demande sa route
    Aux bornes du chemin , —
Moi qui blasphêmais Dieu,— parce que des manœuvres
M'en avaient offert un modelé sur ses œuvres,
    Et bâti de leur main, —

Jéhovah ! m'écriais-je, éternelle pensée
Qu'à son entendement l'homme a rapetissée ,
    Jéhovah ! Jéhovah !
Non, tu n'es pas le Dieu de Pline et de Lucrèce,
Ni le problème abstrait qu'aux sages de la Grèce
    Un triangle prouva.

Non, tu n'es pas le Dieu que des énergumènes
Ravalent au-dessous des passions humaines
    Et nous font sans merci :
Source de tout amour ! inépuisable flamme !
Laisse-moi t'élever un temple avec mon ame
    Et te bénir ici.

Ici je te comprends, je te vois, je t'aspire
Dans l'hymne de la mer ou du vent qui soupire,
    Dans chaque fleur du sol,
Dans le jour qui s'éteint, dans l'aube qui commence,
Et dans l'orbe incompris de cette sphère immense
    Où tu ravis saint Paul.

Baise-moi, comme lui, d'un baiser de ta lèvre ;
Donne-moi, comme à lui, l'intelligente fièvre
    Qui transporte les monts.
Les villes m'ont souillé de leur fétide haleine,
Et je suis devant toi, comme la Madeleine
    En proie aux sept démons.

Parle-moi !... parle-moi comme au fils de la veuve.

Fais descendre en mon cœur une ame toute neuve,

    Toute pleine d'amour :

Tu seras, ô mon Dieu ! son étoile et son guide ;

Et je te l'offrirai dans cette Thébaïde

    Jusqu'à mon dernier jour !

Les Routiers.

LES ROUTIERS.

—

Alerte, châteaux et moutiers !
Tours à créneaux, barrez vos portes !
Sur vos campagnes des Routiers
S'abattent les noires cohortes.
Villes, hameaux, criez merci ;
Autour de vous l'orage gronde.
Alerte ! alerte ! nous voici,
Paix à Dieu, guerre à tout le monde !

Fuyez, manants abâtardis !
Vilains, malheur à qui nous brave !
Les femmes sont aux plus hardis,
Et les richesses au plus brave.
Oyez, oyez le son du cor ;
Oyez siffler l'arc et la fronde :
Allons, vite, apportez votre or.
Paix à Dieu, guerre à tout le monde !

A nous l'église et le couvent ;
A nous les fières châtelaines ;
Les belles vierges que souvent
Réchauffent nos tièdes haleines.
Rien n'est doux, après le combat,
Comme la jeune fille blonde
Qui pleure et sein nu se débat...
Paix à Dieu, guerre à tout le monde !

A nous le tiède Roussillon ;
A nous les vins de la Bourgogne ;

Les blonds épis que le sillon
Avait mûris pour la Gascogne.
Du nord au midi, comme un flot,
Va notre course vagabonde.
La France entière est notre lot.
Paix à Dieu, guerre à tout le monde !

Quand la mollesse et le repos
Enchaînent les rois et les princes,
C'est nous qui levons les impôts,
La dague au poingt, sur les provinces.
A sac, n'importe les pays !
Quand la terre est riche et féconde,
Aussitôt pillés qu'envahis.
Paix à Dieu, guerre à tout le monde !

Le peuple, que nous tailladons,
Dans ses récits grandit nos tailles.
Pour lui nos yeux sont des brandons
Qui s'allument dans les batailles.

S'il le veut, soyons mécréants.

Quand la sottise nous seconde,

Laissons-la nous faire géants.

Paix à Dieu, guerre à tout le monde !

Venez à nous, soyez nos chefs,

Aventuriers de bonne race ;

Cadets et bâtards, qui pour fiefs

Avez l'épée et la cuirasse :

Le fief des braves est partout.

Venez !... du sang qui nous inonde

Le pape même nous absout.

Paix à Dieu, guerre à tout le monde !

Alerte, châteaux et moutiers !

Tours à crénaux, barrez vos portes !

Sur vos campagnes des routiers

S'abattent les noires cohortes.

Villes, hameaux, criez merci ;

Autour de vous l'orage gronde.

Alerte ! alerte ! nous voici :

Paix à Dieu guerre à tout le monde !

Scilla Bifolia.

—

A Madame Clara Francia Molard.

—

Nigra sum sed formosa in filiis Jerusalem.

(SALOM.)

SCILLA BIFOLIA.

—

La neige blanchit la campagne;
L'air est fouetté par l'aquilon;
Et la bise de la montagne
Descend, froide, sur le vallon.
Au bord de l'onde qui soupire
La pâle fleur de l'Ysopire
Frissonne entre ses rameaux verts :
Rien dans les prés ne se colore ;
Hélas ! et moi, je vais éclore
Au soleil terne des hivers.

Oh ! si, pour m'abriter, comme la Violette

Sous un feuillage épais je cachais ma toilette ;

Oh ! si, pour résister à la neige qui fond

Je m'appuyais au sol par de fortes racines ;

Si, comme l'Ellébore au versant des collines

    Je posais des pieds de griffon ;

    Si je dormais sur les bractées

    Qui vers la pente du taillis

    Dans ses corolles mouchetées

    Soutiennent la Corydalis ;

    Si j'avais le moelleux calice

    Où l'Érophile avec délice

    Épanouit sa fleur en croix,

    Le lit doré des Moschatelles

    Et la collerette à dentelles

    Qui ceint l'Anémone des bois,

Que me feraient l'hiver, ses frimats, ses orages ?

Au flanc de ce coteau sans feuilles, sans ombrages,

Je me rirais des vents que mars a déchaînés ;

Et joyeuse au réveil, j'essuirais goutte à goutte
Les glaçons que la nuit suspendrait dans sa route
    A mes pédoncules fanés.

    Mais, hélas ! moi je suis si frêle !
    Contre la bise je n'ai rien
    Que cette hampe lisse et grèle,
    Et mes deux feuilles pour soutien :
    Aussi j'ai froid quand sur ma robe
    Cristallisent les pleurs de l'aube
    Au souffle glacé du matin ;
    Froid, le soir, quand le val plus sombre
    Voit les brouillards fumer dans l'ombre
    Comme un feu que la pluie éteint.

Et si, par un beau jour, cette nappe de givre
S'est fondue aux rayons d'un soleil qui m'enivre,
Si je m'épanouis sous un ciel animé,
Pas un hymne d'oiseau n'ose accueillir la Scille,
Et près d'elle jamais ne vient la jeune fille
    Rêver avec son bien-aimé.

Et voyez pourtant, je suis belle :

Mes fleurs, aux angles étoilés,

Chacune sur un pédicelle

S'ouvrent en lobes étalés ;

Mes pures et fraîches corolles

Flottent comme des banderolles

En se déroulant aux zéphyrs,

Et leur essaim qui sur ma tige

Scintille, folâtre et voltige,

Semble une grappe de saphirs.

La bulbe que me font dix tuniques d'albâtre

Dans l'humus sablonneux de ce coteau rougeâtre

A des cheveux d'argent en couronne tressés.

Et pour ouvrir le sol où mes racines plongent,

Mes feuilles, mes appuis, se creusent et s'allongent

Comme deux glaives émoussés.

Sur les franges de ma chlamyde

Six époux aux lèvres d'azur,

Contemplent l'épouse timide

Qu'ils effleurent d'un baiser pur ;

Et quand ce baiser éphémère
A fécondé la jeune mère
Dont les attraits se sont fanés,
Les trois valves de mes capsules
Sur les cloisons de leurs cellules
Mûrissent mes fils nouveau-nés.

Oh ! dites, n'est-ce pas que je devrais éclore
Dans le mois odorant où le peuple de Flore
Rayonne dans les bois, ondule dans les prés ;
Dans ce mois que mes sœurs trouveront si rapide,
Où le ciel est si pur, le matin si limpide,
Les soirs si bleus et si pourprés !

Tantôt du sein de la bergère,
Superbe, j'aurais détrôné
L'Hyacinthe, la Phallangère,
Ou le Narcisse couronné.
Tantôt dans les bouquets de fête,
On aurait vu briller ma tête
Aux pétales si reluisants.
Et souvent ma tige fleurie

Aurait passé de la prairie
Sur les fronts vierges de quinze ans.

Mais non, je dois mourir !.. mourir, quand la nature
Des plus riches couleurs émaille sa ceinture ;
Quand la terre et le ciel vont s'enivrer d'amour ;
Quand tout revêt déjà la robe d'hyménée :
Oh ! pour mourir ainsi pourquoi donc suis-je née ?
Pauvre fleur qui n'ai vu qu'un jour !

Amour !

Les philosophes définissent l'amour,
les vrais sages le goûtent.

(Mad. DE STAEL.)

AMOUR !

—

J'aime les vagues murmurantes
Qu'effleure l'aile du zéphyr,
Les tapis de fleurs odorantes,
Le dôme d'un ciel de saphir ;

Mais plus que la brise embaumée,
Plus que l'onde et les cieux d'azur,
Mon trésor, ô ma bien-aimée !
C'est un regard de ton œil pur :

C'est ta voix dans mon sein vibrante,
Plus douce qu'un chant de Péris ;
L'attrait de ta grâce énivrante,
Et le charme de ton souris ;

C'est le baiser qu'avec délice
J'imprime à ton front velouté
Quand ta bouche, comme un calice,
S'ouvre à ma soif de volupté.

Des anges que Dieu nous envie
Pour parer l'immortel séjour,
Nul encor n'a doré ma vie
De tant de prestiges d'amour.

A moi, tes traits que j'idolâtre !
A moi, ton sourire ingénu ;
Et ta chevelure folâtre
Tombant à flots sur ton cou nu !

A moi, les rêves de ton ame !
A moi ta vie, enfant des cieux !
A moi seul tes baisers de flamme,
Ton souffle pur et tes beaux yeux !..

Fortune, avenir, espérance,
Prends-moi tout, pourvu qu'en retour
Tu colores mon existence
Au mirage de ton amour.

Le Cyclame.

Victima nil miserantis Orci.

(HORACE.)

LE CYCLAME.

—

Il n'est plus ! il n'est plus, mon élégant Cyclame,
Ma Péri de l'Indus, mon sylphe velouté
Qui des soleils d'avril buvait la douce flamme,
Comme on boit à vingt ans sur des lèvres de femme
    L'ivresse de la volupté.

Il n'est plus ! lui, si beau quand Dieu le fit éclore,
Si rayonnant d'amour quand l'aube l'éveillait;
Lui, qui triste et rêveur, mais gracieux encore,
Dans son lit de parfums, en attendant l'aurore,
    Comme un jeune ange sommeillait.

Hier ses feuilles en cœur vertes et purpurines
Sur un long pétiole arrondissaient leur flanc.
Le calice aiguisait cinq dents en javelines,
Et penchait vers le disque aimé de ses racines
    Son diadême étincelant.

Hier, hier encore, de tendresse enivrée,
L'épouse, la sultane au port majestueux,
De cinq heureux époux souriait entourée;
Et les baisers promis, sur sa lèvre adorée
    Pleuvaient à flots voluptueux.

Ses pédoncules verts déroulés en spirales
Se croisaient, l'un sur l'autre, insoucieux, tombant ;
Et sa corolle en roue aux cinq lames ovales
Jusque sur le calice abattait ses pétales
    Qui se relevaient en turban.

Oh ! pour s'asseoir ainsi, rose et blanc sur un trône,
L'Aconit eût donné son beau casque d'azur,
L'Orchis son tablier qu'une dent éperonne,
Et l'Arnica des monts sa splendide couronne
    Plus scintillante que l'or pur !

Eh bien ! de sa prison le Chlore ouvrant le dôme,
Le Chlore, spectre jaune aux longs bras convulsifs,
Cette nuit l'a touché de ses ailes de gnome ;
Et mon beau sylphe est mort aux lèvres du fantôme,
    Mort de ses baisers corrosifs.

De sa tige où flottait une écharpe fleurie

La sève ne vient plus animer les vaisseaux ;

Et sa tête de neige, inclinée et flétrie,

Tombe comme les fleurs de l'humide prairie

    Quand se dessèchent les ruisseaux.

Je ne le verrai pas au mois brûlant de Jules,

Fier des nombreux enfants que l'ovaire enfermait,

Sous le poids de ses fruits courbant ses pédoncules,

De cinq valves rayer ses sphériques capsules

    Qui s'entr'ouvrent par le sommet.

Mais lorsque le printemps ouvrira les chlamydes

De la blanche Érophile et des rouges Lamiers,

Et que l'aube d'avril avec ses doigts humides,

Entre les blés naissants, des jaunes Anthémides

    Epanouira les cimiers

Mon Cyclame guéri des étreintes du chlore

Secoûra la torpeur du sommeil hivernal ;

Et trouant le plateau d'où sa fleur doit éclore ,

Le premier, il viendra de la nouvelle Flore

    Parfumer le sein virginal.

Le Sylphe.

LE SYLPHE.

—

Quand la nuit des teintes pourprées
Efface les reflets soyeux,
Un sylphe aux ailes diaprées
Voltige sur mon front joyeux;
Et m'enivrant d'un tiède arome,
Il me berce jusqu'au matin...
Mais j'aperçois son doux fantôme :
Accours ! accours ! petit lutin.

Sa chevelure sans résille
Flotte sur son cou gracieux ;
Et l'azur de son œil scintille
Comme une étoile au front des cieux.
Dans ses traits brille un doux mélange
De grace et de charme enfantin,
Son sourire est celui d'un ange ;
Accours ! accours ! petit lutin.

Des jours heureux de mon bel âge
Rends-moi les poétiques fleurs ;
Que mon présent soit sans nuage,
Que mon avenir soit sans pleurs.
Enivrer l'ame de chimère
C'est embellir notre destin :
Par toi la vie est moins amère.
Accours ! accours ! petit lutin.

Vers le foyer que je regrette
C'est toi, qui m'emportes le soir,

Et qui rends au pauvre poëte

Les sites qu'il aime à revoir.

Les voilà !!!... mais le jour se lève ,

Tout fuit à mon œil incertain.

Oh ! pour finir un si beau rêve,

Accours ! accours ! petit lutin.

Les

Fiancés du Lac noir.

—

Ballade hongroise.

—

LES

FIANCÉS DU LAC NOIR.

—

Il était beau Ziska, le chasseur intrépide ;
Sa flèche abattait l'aigle, et sa course rapide
Forçait les daims peureux et les chamois légers ;
L'ours fuyait à sa voix qu'il semblait reconnaître :
Ziska, sous le soleil, n'avait que Dieu pour maître,
    Et n'aimait rien que les dangers.

Quand la flouve embaumait les collines fleuries,
Nul berger aussi loin dans les vertes prairies
Ne guidait ses troupeaux sur les flancs de l'Oural,
Ses agneaux y paissaient les herbes parfumées
Sans craindre l'œil hagard des louves affamées
     Ni les dents blanches du chacal.

A vingt ans, âge heureux où l'ame a soif d'une ame,
Ziska pour les baisers de la plus noble dame
N'eût rien donné : pareil aux rochers du Tatras
Son cœur froid se taisait dans la walse enivrante,
Quand une belle enfant, d'amour toute souffrante,
     Flottait, rêveuse entre ses bras.

Mais un jour, Azoni la douce châtelaine,
Blanche et rose, apparut à Ziska dans la plaine.
Svelte comme le pin royal de la forêt,
Pure comme la neige au plus haut des Karpathes,
Azoni ressemblait à ces fleurs délicates
     Qu'un souffle d'ange ternirait!

Elle aima le chasseur, enfant de la montagne,
Et Ziska, devant Dieu, la choisit pour compagne.
Mais le comte Zaoünd sur sa fille Azoni
Appelle la vengeance et jure par le glaive
Qu'avant l'heure où Vesper à l'horizon se lève
    Le séducteur sera puni.

—« Hourra, mes cavaliers aux lances meurtrières !
« Varlets armés d'épieux rougis dans les clairières !
« Pages aux sabres turcs courbés en kangiars !
« Mes heyduques, hourra!!! vengez-moi de l'infâme
« Dont l'insolent amour déshonore une femme
    « Du noble sang des Magyars. »

Et les amants fuyaient, par les sentiers du pâtre,
Le farouche Zaoünd qu'ils ne pouvaient combattre:
On brave des rivaux, mais un père est sacré !
Ils fuyaient, ils fuyaient ; et les montagnes fauves
Se dressaient devant eux, plus âpres et plus chauves,
    A l'horizon pâle et nacré.

Et Zaoünd les suivait, comme l'hyène ardente
Suit à la fin du jour la gazelle imprudente.
Mais voilà qu'un rocher, granitique géant
Dont le hardi chamois n'ose atteindre la cime,
Tout-à-coup sous leurs pieds laisse voir un abîme
    Où dormait sombre, un lac béant.

Ses ondes qu'irisait une couche de moire
S'étendaient à leurs yeux comme une glace noire :
Aucun vent n'en ridait le poli ténébreux.
Tout fut dit !... à genoux les amants s'embrassèrent ;
Et, l'un l'autre enlacés, au gouffre s'élancèrent....
    Puis l'onde bouillonna sur eux.

Zaoünd vit se briser la glace fantastique ;
Puis les flots entr'ouverts se dresser en portique
Et de leur sein bruni sortir un coursier blanc
Plus diaphane aux yeux que l'écharpe d'albâtre
Que jette la cascade à l'horizon bleuâtre
    Sous un soleil étincelant.

Sa crinière imitait les joncs du marécage,

Ses harnais transparents les sables du rivage ;

Ses sabots, le corail ; sa croupe, le mica ;

A ses flancs scintillaient deux ailes éclatantes

Et ces ailes portaient sur les eaux miroitantes

    Azoni libre avec Ziska.

Oh ! faut-il que l'amour à ce point nous enivre :

Le couple audacieux n'a plus qu'un jour à vivre !

Des esprits du Lac noir telle est la volonté.

Les amants le savaient : tous deux étaient sans craintes.

Mourir après un jour d'ineffables étreintes

    C'était vivre l'éternité.

Mais quand le Dieu du lac, implacable fantôme,

Eveilla les époux sur sa couche de gnôme,

Ziska sentit la peur dans ses veines courir.

Oh ! c'est que maintenant la vie était si douce

Dans les bras d'Azoni, sous un palais de mousse !...

    Ziska ne voulait plus mourir.

Mais le spectre était là, debout, ses traits livides
Glacèrent les baisers sur leurs bouches avides
Qui se cherchaient encor, folles de désespoir.
Puis des cris effrayants montèrent sur la vague ;
Et l'écho murmura, comme une plainte vague :

« Fuyez les roches du Lac noir ! »

L'Aphyllante.

L'APHYLLANTE.

Si , lorsque de nos jours il a brisé la trame,

Dieu donnait pour asile à ce qui fut notre ame

Une des mille fleurs qui brillent sur les monts

Et nous laissait choisir dans leur foule embaumée

Celle que nos regards aurait le plus aimée,

    Entre celles que nous aimons,

Ce n'est pas à l'orgueil de l'Iris germanique
Que j'irais demander l'abri de sa tunique,
Ni sa carène d'or au Genet pavoisé,
Ni leur gantelet rouge aux sombres Digitales
Qui flottent sur un thyrse, et soudent leurs pétales
    En tube au sommet évasé ;

Je n'habiterais pas la tente à quatre lobes
Qui flamboie en épi sur les grands Epilobes,
Ni l'Ophride où l'oiseau semble avoir fait son nid,
Ni l'urne violette où dort la Mérendère
Quand les voiles du soir tapissent l'atmosphère
    Sur le plateau de Gavarni.

Je n'irais pas m'asseoir dans la fraîche ravine
Sur la Pyrole blanche ou la jaune Dorine :
Pauvres fleurs que jamais le soleil n'éclaira !
Et, tout en admirant sa feuille glanduleuse,
Je fuirais le calice à base tubuleuse
    De l'irritable Droséra.

J'éviterais surtout les tiges où repose,

Entouré de piquants, l'éventail de la Rose,

Et ses mielleux parfums aux abeilles promis ;

Et l'éphémère éclat de sa royale pompe

Dont le faste menteur nous séduit et nous trompe

    Comme le cœur de tant d'amis.

Mais tandis qu'il faudrait aux puissants de la terre

Les soleils abrités de leur riche parterre

Et les Magnolia pour bercer leur orgueil ;

Tandis qu'il vous faudrait, ô molles courtisanes !

Les Dalhia tigrés, ou les fleurs des savanes

    Si riantes à l'œil,

J'irais, loin des cœurs faux, loin des femmes vénales,

Prier la Nonfeuillée aux couleurs virginales

De m'ouvrir sa corolle et son lit de saphir.

Et, comme un sylphe, errant le soir parmi les dunes,

Dans son humble calice aux six écailles brunes

    Je joûrais avec le zéphyr.

De là, je planerais sur l'océan des villes
Où bouillonnent sans fin tant de passions viles,
Tant de fausses vertus, tant d'ignobles douleurs;
Et, mollement plié dans l'azur de ma robe,
Quand le jour tomberait, quand se lèverait l'aube,
Je prîrais Dieu comme les fleurs!

Aussi, venez sur nos rivages,
Frères! venez sur nos monts bleus
Cueillir les Dictames sauvages
Et les Cynanques onduleux.
Prenez le Gui de l'Oxixèdre
Les fleurs diclynes de l'Ephèdre
Que le vent des mers fait plier;
Prenez la blonde Astéroline:
Mais laissez-moi, sur la colline,
L'Aphyllante de Montpellier!

Inondation.

Son œuvre était finie ! et certes le grand fleuve
Pouvait s'énorgueillir, en écoutant ses flots
Lui rouler, au milieu des pleurs et des sanglots,
Les débris des salons et du toit de la veuve.
Il avait eu sa part de cadavres noyés,
Sa part de murs croulants et de bouges immondes
Qu'il emportait, joïeux, dans ses terribles ondes
    Sanglants, livides ou broyés.

Et s'il laissa debout sur leurs angles de pierre
Les arches des grands ponts qui joignent ses deux quais,
S'il ne vint pas trois jours s'asseoir à nos banquets,
Et trois nuits sur nos fronts secouer sa crinière,
Sans nous plier en deux, si, vainqueur, il a fui,
C'est que pour les frapper sans compter ses victimes
Et choisir au hasard ses dépouilles opimes,
    Dieu n'avait pas besoin de lui.

Dieu ne s'abaisse point à copier les hommes !

Qu'a-t-il à faire, lui, des puissants et des forts,

Pour étreindre une ville et la peupler de morts

Ou nous rendre au néant insensés que nous sommes?

A sa voix les ruisseaux se changent en torrents,

L'air pur devient infect, le sol tremble ou s'enflamme

Et sa main, sous les pieds d'un pâtre ou d'une femme,

    Courbe les plus hauts conquérants.

Aussi tu peux couler vers ta molle Provence,

Mon beau Rhône ! tu peux aller, tranquille et fier,

Laver tes larges eaux dans les eaux de la mer.

Dieu t'a jugé trop fort pour servir sa puissance.

Laisse en paix s'éveiller et s'endormir Lyon ;

Regagne l'Oasis de sables où tu règnes,

Et n'épouvante plus les villes que tu baignes

    De ta colère de lion.

Et vous dormez, enfants, car la nuit sera belle ;

Dormez dans vos berceaux votre plus doux sommeil !

L'atmosphère est moins sombre et l'horizon vermeil

Se déploîra sur vous comme une immense ombelle ;

Et vous, femmes, rêvez de spectacle et de bal :

Demain ces flots boueux naguère si rapides,

Couleront aplanis en méandres limpides

    Comme des nappes de cristal.

LA SAONE.

—

II.

Oh ! que le ciel est noir !.. — quelle voix rugissante
Descend de la montagne et tombe sur Lyon ?
Est-ce encor le tocsin de la rébellion
Qui réveille en sursaut la ville frémissante ?
Écoutez, écoutez ces bruits rauques et sourds
Mêlés par intervalles aux clameurs de la foule :
On dirait une ville entière qui s'écroule
    Avec ses temples et ses tours.

Mais qui donc ose ainsi toucher à tes murailles,
Lyon ? quel anarchiste ou quels rois insolents
Renversent-ils du pied tes faubourgs chancelants
Et crevassent ton sol jusques dans ses entrailles ?
Quel fléau le Seigneur déchaîne-t-il sur toi ?
O terreur ! le vois-tu ? regarde : c'ést l'épouse
Du lion, qui s'envient bondissante et jalouse
    Dire : il me faut ma part, à moi.

Et maintenant, malheur à tout ce qui possède,
Malheur à qui vivait du travail de ses mains,
Malheur aux bastions assis sur les chemins,
Malheur à qui résiste et malheur à qui cède !
La terre a frissonné comme sur un volcan ;
Et la chaste rivière, aux molles vagues blondes,
Par les quais envahis roule et fouette ses ondes
    Qui hurlent comme l'ouragan.

Ah ! vous avez muré vos seuils, barré vos portes,

C'est bien ! mais croyez-vous, s'il lui plait, qu'en trois bonds

Le fleuve n'ira pas les briser sur leurs gonds,

Et promener leurs ais comme des feuilles mortes ?

Croyez-vous, si la main du Seigneur vous punit,

Qu'il faudra bien longtemps à ces eaux débordées

Pour saper vos maisons, hautes de cent coudées,

     Sur leurs fondements de granit ?

Eh ! voyez-les bondir d'heure en heures accrues

Sous les porches gluants des mornes ateliers,

Défoncer les trottoirs et tordre les piliers

Posés comme une borne aux deux angles des rues ;

Puis décharnant les murs qui résistent encor,

Voyez-les se ruer au fond des basiliques,

Et, joïeuses, flotter sur les places publiques

     Comme une mer aux vagues d'or.

L'ange exterminateur les presse et les soulève ;

Et ni les toits du pauvre élévés au hasard ,

Ni l'hôtel fastueux, ni le riche bazar,

Rien, rien n'échappe aux flots qu'il touche de son glaive

Du seuil de la débauche aux parvis du saint lieu,

Une voix, dominant les plaintes et les râles,

Semble crier : laissez avec ces eaux lustrales

    Passer la justice de Dieu.

III.

Et pourtant la cité que frappe ta colère

Plus qu'une autre, Seigneur, met son espoir en toi ;

Plus qu'une autre aux rayons épurés de la foi

Sa piété s'exalte et son zèle s'éclaire.

Jamais tes serviteurs qu'on abreuve de fiel

Sans être consolés n'ont quitté son enceinte;

Et la vierge Marie est la patronne sainte

    Qui porte sa prière au ciel.

C'est de ses murs féconds en sublimes exemples,

Que les modernes Paul, envoyés en ton nom

De la jeune Australie à l'antique Memnon,

Vont annoncer ton Christ et relever ses temples.

C'est la ville toujours prodigue de son or,

Qui, dès que le malheur à ses portes frissonne,

Donne sans la compter son abondante aumône,

  Et le lendemain donne encor.

Quel crime a-t-elle donc conçu dans ses entrailles

Pour la jeter ainsi, pantelante, aux abois,

Comme aux jours de Couthon et de Collot d'Herbois

Au fléau ravageur qui fouille ses murailles ?

L'opulente cité qui, les genoux fléchis,

S'humilie en priant au seuil du sanctuaire,

N'est-elle devant vous, Seigneur, qu'un ossuaire

  Peuplé de sépulcres blanchis ?

Ne vous suffit-il pas que la guerre civile
Deux fois, l'un contre l'autre, ait armé ses enfants,
Que le meurtre ait souillé les glaives triomphants,
Et le feu des boulets incendié la ville ?
Ou n'est-ce pas assez des eaux qui tomberont
Pour effacer le sang et les taches livides
Que, deux fois en dix ans, les canons fratricides
     Ont laissé sur son noble front ?

Oh ! quel que soit son crime elle est assez punie !
Voyez-la, désolée et se tordant les mains,
Pleurer comme Sion sur le bord des chemins
Et conter aux passants sa misère infinie ;
Regardez ses faubourgs que le flot décima,
D'où l'on entend sortir au milieu des ténèbres,
Des cris plus étouffés, des sanglots plus funèbres
     Que ceux de Rachel dans Rama.

Grâce ! Dieu tout puissant ! grâce et pitié sur elle !

Grâce pour ses orgueils et ses iniquités !

Rouvrez-lui vos trésors d'éternelles bontés,

Et prenez ses enfants à l'ombre de votre aile !

Grâce ! et nos voix diront aux siècles à venir :

Dieu qui pouvait broyer Lyon, pierres sur pierres,

Désarmé par ses pleurs, vaincu par ses prières,

    S'est contenté de le punir.

Priez.

PRIEZ.

—

A l'heure où l'espérance en notre cœur s'efface,

Où l'œil vitrifié dans l'orbite pâlit,

Où le hideux squelette apparaît, face à face,

   Et nous étreint sur notre lit,

Enfants, que votre voix murmure une prière :
L'encens de votre cœur ne peut être importun.
Si l'ame est une fleur que Dieu prête à la terre,
  La prière en est le parfum.

Priez ! du haut du ciel le Seigneur vous écoute ;
Consolez votre frère au moment de l'adieu ;
Dissipez son effroi ; de fleurs semez la route
  Qui doit le conduire vers Dieu.

Qu'à jamais affranchi de nos terrestres langes,
Il s'endorme aux accords de l'hosanna sans fin
Que répètent en chœur la voix pure des anges
  Et la harpe du séraphin.

Si son ame fléchit, qu'un doux mot la relève.
Parlez-lui du bonheur promis à l'avenir :
Dites-lui que de Dieu la justice est sans glaive,
  Quand sa justice doit punir !

Et l'ame du pécheur, oubliant sa souffrance,

Verra luire pour elle un jour délicieux.

Et d'amour enivrée, heureuse d'espérance,

    Elle partira pour les cieux !

Le Colchique.

Una dies dabit exitio.

(LUCRÈCE.)

LE COLCHIQUE.

—

Heureuse l'Adoxe embaumée
Que réchauffe, après les autans,
De son haleine bien-aimée
Le premier souffle du printemps !
Avril aime à la voir éclore,
Tombant de la robe de Flore
Comme une perle sur le sol,
Et c'est elle qui, la première,
Écoute l'hymne à la lumière
Que module le rossignol.

Heureuse ! heureuse l'Ancolie
Mirant ses clochettes d'azur,
Symbole de mélancolie,
Aux bords où gazouille un flot pur !
Elle voit ses belles compagnes
Moirer les bois et les campagnes
De leur plus chatoyant velours ;
Et la colombe du bocage,
Le soir, lui conte sous l'ombrage
Ses tendres et chastes amours.

Heureuse aussi la Cupidone
Dont le pétale bleu de ciel
Offre à l'insecte qui bourdonne
Des sucs où se cache le miel !
Alors au soleil qui les brûle
Les épis dont le chaume ondule
Froissent leurs panaches dorés ;
Et la cigale de ses plaintes
Fait résonner les Térébinthes
Où mûrissent des fruits tigrés.

Oui, depuis l'aube orientale
Què fuit la neige des hivers
Jusqu'au mois où la vigne étale
Ses rubis sous ses pampres verts,
Aux bois, aux monts, dans les vallées,
Près des ruisseaux, sous les allées,
Heureuses, heureuses les fleurs !
Tout est jeunesse, amour, extase,
Et le plaisir qui les embrâse
Les peint d'enivrantes couleurs.

Mais quand l'automne pluvieuse
A jauni de ses froides mains
La chevelure de l'Yeuse
Qu'elle sème par les chemins,
Seule, une fleur pâle, éphémère,
Triste comme l'œil d'une mère
Rêvant de son fils exilé,
Lève au milieu de la prairie
Sa corolle souvent flétrie
Avant qu'un jour soit écoulé.

Loin, bien loin d'elle le cortège
De ses folâtres sœurs d'été :
Rien ne l'abrite et la protège,
Rien que sa blanche nudité !
La brise, voltigeant sur elle
Toute peureuse et toute frêle,
N'ose la nuit s'y reposer ;
Et l'air qui joue avec la branche
La roule comme une avalanche,
Ou l'étouffe dans un baiser.

Jamais l'oiseau ne la salue ;
Et sous son tube gracieux
Jamais sa bulbe chevelue
N'entend le fils ailé des cieux.
Le soleil terne qui décline
Sourit à peine à l'orpheline
Qui suit le disque rayonnant ;
Et devant sa tige d'albâtre
Le chien fidèle du vieux pâtre
Gronde et recule en frissonnant.

C'est qu'un jour, pâle, échevelée,

Craignant son ombre et les échos,

Près d'elle au fond de la vallée

S'assit la vierge de Colchos :

Amante impie, à sa prière

Toutes les fleurs de la clairière

D'horreur se voilèrent le front ;

Seul, le Colchique sacrilège

Du parricide sortilège

Partagea l'immortel affront.

Et depuis, sa corolle blanche

Plus pure que celle du Lis

En vain secoue, essuie, étanche

Le sang de ses lobes pâlis :

Le souffle humide de l'automne,

L'éclair ouvrant le ciel qui tonne,

Le vent, l'orage ou le ruisseau,

Rien, rien ne peut laver la tache

Dont la teinte rouge s'attache

A lui comme un infâme sceau !

Et Flore aussi, Flore, sa reine,

A maudit les jours aborrhés

Où de sa bulbe souterraine

Sa fleur s'élève dans les prés.

Pas un sourire ne l'accueille !

Sa hampe ne voit point de feuille

Sous ses pétales anguleux.

Et les baisers des étamines

Vont féconder sous les racines

Un sein triste et glacé comme eux.

Mère fanée à peine éclose,

L'épouse aux regards indiscrets

Voile de sa tunique rose

L'heure des amoureux secrets ;

Puis honteuse de sa faiblesse,

Comme une amante qu'on délaisse

Courbant son disque épanoui,

Elle mûrit avec mystère

Son triple fruit qui, sous la terre,

Repose comme évanoui.

Et quand l'Anémone s'éveille,

Quand le tablier de l'Ophrys

S'ouvre aux murmures de l'abeille

Qu'imitent ses angles fleuris ;

Lorsque d'amour toute couverte

Tressaille la pelouse verte

Sous un voluptueux essaim,

Le Colchique alors se redresse

Montrant les fils qu'avec tendresse

Huit mois a réchauffé son sein.

Aigue-Morte.

AIGUE-MORTE.

—

Voyez comme elle est belle aux yeux, l'Occitanie !
Sous un ciel éclatant d'azur et d'harmonie
Elle sourit, le front de pampres couronné,
Se pose mollement sur un lit de verdure,
Ou mire dans les flots sa noire chevelure ,
Comme un saule pleureur sur un fleuve incliné.

Elle a sa mer qui sur les dunes
Parfois roulée en vagues brunes
Creuse de stériles sillons ;
Elle a des pics aux noires cimes,
Des bois sombres et des abîmes
Où mugissent des tourbillons ;
Elle a trois villes qui sont belles
Quand le soleil mourant sur elles
Verse le feu de ses rayons :

Montpellier qui se dresse aux flancs d'une colline
Et semble demander pourquoi le jour décline,
Tandis qu'à l'horizon l'œil cherche et ne voit rien
Qui lutte de splendeur, d'élégance ou d'audace,
Avec son aqueduc élevé dans l'espace
    Comme un portique aérien ;

Montpellier, comtesse espagnole,
Cédée un jour pour une obole
Aux Francs de ses joyaux épris ;

Aujourd'hui, coquette Epidaure,

Souriant au soleil qui dore,

Sous des acacias fleuris,

Ses femmes de rose et d'albâtre

Dont le groupe animé folâtre

Comme un essaim de colibris.

Nismes où le zéphir, insoucieux, promène

La poussière et les os d'une cité romaine,

Où, la nuit, vous diriez quand l'orage mugit

Sous les gradins géants de son amphithéâtre,

Que devant l'empereur une foule idolâtre

Se lève et bat des mains au tigre qui rugit.

Nismes, guerrière colonie

Où vint se plaire le génie

Et la puissance des Césars,

Et qui, lionne échevelée,

Se rue à travers la mêlée

De nos politiques hasards,
Soit que tonne dans ses murailles
L'écho des lointaines batailles,
Ou le fusil des Camisards.

Aigue-Morte, debout sur les steppes de sable
Qu'abandonne à ses pieds le flot inépuisable ;
Aigue-Morte où le vent frissonne dans les pins,
Et qui de loin paraît, sous sa grise enveloppe,
Un navire flottant aux bornes de l'Europe
  Où le retiennent ses grapins.

Voyez ! de ses pompes navales
Aux yeux jaloux de ses rivales
Surnagent les débris épars ;
Que sublime est son attitude
Dans la profonde solitude
Qui l'assiège de toutes parts,
Lorsqu'à travers la nuit brumeuse
Brille sa tête lumineuse
Sur les créneaux de ses remparts !

Oh ! venez quand sa mer bondit , et que ses lames
Sous un ciel embrâsé roulent comme des flammes ;
Lorsque sa ronde tour où s'abat l'ouragan
Semble aux rouges clartés de la nue électrique
Un immense guerrier qui tourne vers l'Afrique
Sa flamboyante épée, et lui jette le gant.

Venez surtout quand la nuit sombre
Répand le vague de son ombre
Sur les créneaux évanouis,
Et que d'étranges météores
En gerbes de feux tricolores
Fascinent les yeux éblouis :
C'est l'heure où de pâles fantômes
Parcourent, de la base aux dômes,
La vieille tour de Saint-Louis.

Ils se pressent, fuyant avec un bruit de râles
Sous l'escalier gothique aux immenses spirales

Sans cesse poursuivis d'effrayantes clameurs ;

Au fond des corridors le poignard les décime :

Meurs ! disent mille voix, quand tombe une victime ;

Et les voûtes répondent : — Meurs !

Des murs, des chapiteaux, des frises,

S'écroulent sur les dalles grises

Ces spectres d'hommes terrassés :

Alors éclatent de longs rires ;

Les grandes ailes des vampires

Effleurent vos membres glacés ;

Des bras sillonnent les ténèbres

Et poussent aux caveaux funèbres

Cinq cents cadavres entassés !...

C'est qu'un jour aux clochers émus de cette ville,

Bourdonna le tocsin des vêpres de Sicile :

L'épée et le poignard se teignirent de sang.

Les soldats qu'abritait cette obscure demeure,

Comme par un seul bras frappés à la même heure,

Tombèrent, et la tour les cacha dans son flanc.

Depuis, à l'heure solennelle

Où minuit touche de son aîle

L'airain sonore du beffroi,

Les pierres des caveaux résonnent ;

Et dans les salles qui frissonnent

S'élancent, pantelants d'effroi,

Tous ces fantômes dont la foule,

Comme un affreux torrent qui roule,

Inonde la tour du saint Roi.

Mais pas un souvenir de ce jour de massacre,

Pas un spectre irrité, pas un vain simulacre

Ne donnent à la ville un aspect soucieux.

Elle dort! et la lune, aux pâles étincelles,

Glisse comme à travers un réseau de dentelles

Le long des murs silencieux.

Puis, quand rougit l'aube vermeille,

Un bruit de vagues la réveille,

La brise enfle ses pavillons;

Au sein poli d'une mer calme,

Cent rames, en froissant la scalme,

Laissent de rapides sillons;

Et vous diriez qu'aux champs de More

Aigue-Morte va, jeune encore,

Vomir ses pieux bataillons.

Une Rose.

Στεφανηφόρου μετ' ἦρος
Μέλπομαι Ῥόδον τέρεινον.
ANACRÉON.

Mais elle était d'un monde où les plus belles choses
Ont le pire destin ;
Et Rose, elle a vécu ce que vivent les roses,
L'espace d'un matin.
MALHERBE.

UNE ROSE.

—

Oh! comme elle était belle, hier, dans la vallée!
Aux baisers du soleil sa corolle étalée
Avait épanoui cinq lobes de corail;
Le zéphir inclinait et soulevait son disque
Comme un éventail rose aux mains de l'odalisque
    Sous les platanes du sérail.

De sa couche qu'Amour pour la sienne eût choisie,

S'exhalaient des parfums plus doux que l'ambroisie ;

Mille heureux papillons y venaient folâtrer.

Et l'ame de la vierge, et l'ame du poète,

Dans un ravissement de volupté secrète,

    S'oubliaient à la respirer !

Hier elle éclipsait toutes ses sœurs écloses ;

Hier elle voyait dans ses pétales roses

Mille époux tressaillir d'un amoureux frisson.

La nature, pour elle, avait des chants de fête ;

Un souffle a fait tomber les rayons de sa tête :

    Aujourd'hui ce n'est qu'un buisson !

Ainsi tout ce qui charme au printemps de la vie,

Beauté, jeunesse, amour, gloire que l'on envie,

D'un éclat passager nous savent éblouir.

Sur ces frêles appuis notre ame se repose :

Gloire, beauté, jeunesse ont le sort de la Rose,

    Un jour les fait évanouir !

La Belladone.

—

A M. Thévenin, professeur de Botanique,

MON MAITRE ET MON AMI.

—

Et l'on n'en doit jamais faire prendre par la bouche,
car elle exciterait un dormir mortel.

Lémery.

LA BELLADONE.

—

LE DÉLIRE.

I.

Ma mère, où suis-je ? La vallée
Chancelle et tourne devant nous.
La nuit tombe non étoilée,
Et je cherche en vain la saulée
Où je jouais sur tes genoux.

Fuyons, fuyons!! Sous l'aveline
Bruissent des serpents affreux;
Et les chênes de la colline,
Froissant leur tête qui s'incline,
Semblent prêts à lutter entre eux.

Ah! tu m'avais trompé... je le vois, c'est l'aurore!
Pourquoi m'as-tu jeté ce voile noir aux yeux?
Tu ne voulais donc pas que je le visse éclore
Ce beau soleil que j'aime autant que je t'adore,
Lui qui semble en riant nous appeler aux cieux!..

Regarde : au fond de l'avenue
Vois-tu ces dogues aboyants
Et ce spectre à forme inconnue
Qui s'avance comme la nue
Et dont les yeux sont flamboyants.

Dieu! le voici, ma mère... il semble
Dévorer mon bras sous le tien.
Repousse-le. — J'ai froid, je tremble,
Je meurs: oh! nous mourrons ensemble,
Ma mère! car je t'aime bien.

LA MORT.

II.

Et l'enfant égaré, l'œil béant, immobile,
Sur lui-même, en fuyant, sentit son corps débile
Ployer comme un rameau sous le poids de ses fruits ;
L'infortuné tomba, pantelant, comme tombe,
Surprise avant l'aurore, une blanche colombe
    Aux serres de l'oiseau des nuits.

On eût dit que, tordus ou raidis par l'ivresse,
Ses muscles engourdis oubliaient leur souplesse.
Son beau front se teignit d'une affreuse couleur;
Puis, un rire effrayant, hideux, un rire étrange
En face de démon changea sa face d'ange;
Et son teint rose et blanc se couvrit de pâleur.

Ébloui, fasciné, joué par un vertige,
Son œil le promenait de prestige en prestige :
Il croyait voir les pins danser autour des ifs;
Et de leur sommet vert des monstres granitiques,
L'un sur l'autre fondant comme des preux antiques,
　　　Accourir à bonds convulsifs.

—« Ma mère, disait-il, j'ai bien soif !.. » Et la fièvre
Sous ses dents qui grinçaient avait troué sa lèvre.
—« Ma mère! le ruisseau.. hâtons-nous d'y courir !! »
Puis un sommeil de plomb lui ferma la paupière;
Son pouls ne battit plus; et, froid comme la pierre,
Le pauvre enfant.... hélas! il venait de mourir.

UNE MÈRE.

III.

Dors, ô mon fils! dors, mon bel ange;
Oublie ainsi tes visions;
Et que Dieu t'envoie, en échange,
De plus douces illusions.
Dors! va, j'essuierai la poussière
Qu'hier peut-être une sorcière
Jeta sur ton front virginal,
Et demain la flamme d'un cierge
Brûlant aux autels de la vierge
Détruira le charme infernal.

Je t'ai laissé, mère imprudente,
Butiner seul dans le vallon,
Sans craindre la vipère ardente
Qui sommeille sous le buisson :
Oh ! vite, il faut que je m'assure
Si le venin de sa morsure
N'a pas souillé ton corps de lys ;
Je sucerai la plaie immonde :
Heureuse de quitter ce monde,
Si je meurs en sauvant mon fils !

Comme il est froid !... Dieu, qu'il est pâle !
Jules... mon fils... quelle torpeur !
Son œil plus terne que l'opale,
Son œil sans regard me fait peur.
Sa tempe de sueur trempée
Repose sur sa main crispée.
Mon Dieu, mon Dieu, quel fruit il mord !
Ah ! l'espérance m'abandonne :
Que vois-je ? ciel ! la Belladone :
Mon fils, mon pauvre fils est mort.

LA BELLADONE.

IV.

Or, enfants, écoutez. Sous la vallée ombreuse,
Dans le bois solitaire où le tronc de l'yeuse
Comme un coin métallique entr'ouvre le rocher,
Au revers des fossés, sous la voûte d'épine
Que tressent l'églantier, la ronce et l'aubépine,
Il est une fleur triste au regard, au toucher;

Une fleur dont l'hiver entre ses doigts de glace
Ne saurait étouffer la racine vivace,
Tant ses fauves rejets la cramponnent au sol.
Sa tige aux bras velus, cylindrique, herbacée,
Après un long sommeil ressuscite, élancée,
Quand sur les Mahaleb chante le rossignol.

Ses feuilles, deux à deux et souvent inégales,
S'allongent au printemps, grandes, molles, ovales.
Luride est leur aspect, un vert sombre les teint;
Et le pâle reflet qui parfois les anime
Semble un de ces rayons qui nagent sur l'abîme,
Ou l'éclat d'un soleil d'automne qui s'éteint.

Comme pour s'éviter sur la tige commune,
Solitaires, les fleurs pendent en cloche brune
D'un axe que la feuille enveloppe et défend.
Cinq pétales égaux et soudés à leur base
Dans la saison d'aimer protégent leur extase;
Et le calice vert à cinq lobes se fend.

Et cinq époux assis au fond de la corolle
Murmurent à l'épouse une douce parole,
Comme s'ils la priaient de vouloir s'incliner ;
Tandis qu'elle, dressant son orgueilleuse tête,
Les regarde et sourit, ou, moins vaine et coquette,
Parfois à leur amour daigne s'abandonner.

Malheur, quand elle plie et cède à leur ivresse !
Malheur, quand un baiser, une tiède caresse
Dans ses flancs trop féconds ont versé le pollen !
Elle se fane, meurt..., et l'ombre de la haie
Voit, teinte d'un bleu noir, apparaître une baie
Où mûrissent les fruits de ce funeste hymen.

Seul, de ce qui paraît la vierge pâle et triste,
Comme un dernier ami le calice persiste,
Des pauvres orphelins soutenant le berceau.
Il attend, pour tomber, que l'immuable horloge
Sonne l'heure où la baie, ouvrant sa double loge,
Sur les bords du sentier répandra son fardeau.

Enfants, n'y touchez pas, car c'est la Belladone.

Le fruit douçâtre et bleu qu'elle vous abandonne,

Enfants, n'y touchez pas ; fuyez-le : c'est la mort !

Le fruit, c'est le plaisir de ce monde éphémère ;

C'est la coupe de miel dont la lie est amère ;

C'est l'œil fascinateur du serpent qui vous mord.

DEUXIÈME LIVRE.

Le Scirpe.

—

A Monsieur J. Reboul, de Nismes.

Memento quia pulvis es et in
pulverem reverteris.

LE SCIRPE.

—

n'eut pas la couronne éclatante du lis ,
a tige des palmiers, le parfum de la rose ;
t jamais , au printemps , de sa fleur pâle éclose,
es sylphes amoureux n'ont caressé les plis.

Le vulgaire, — ce juge ignorant et superbe
Qui décide sans voir, ou ne voit qu'à moitié,—
Du haut de son orgueil le regarde en pitié,
Ou, s'il le foule, il passe et dit : Ce n'est qu'une herbe.

Une herbe! eh! savez-vous, misérables humains,
Ce qu'il fallut à Dieu de pensée et de force
Pour tirer du néant cette herbe sans écorce,
Lorsqu'il laissa tomber l'univers de ses mains ?

Savez-vous, insensés! qu'un jour, au cimetière,
Cette herbe, ce foin vil, comme vous le nommez,
Boira les éléments dont vous êtes formés,
Et de vos corps pourris se fera sa litière?

Oui! si beaux ou si grands que vous ayez été,
Il faut pour maintenir l'équilibre des mondes
Que l'herbe foule aussi vos cadavres immondes
Pour germer au printemps, et fleurir en été.

II.

Oh! certes, il fut grand l'homme de St-Hélène :
Vingt ans sous son regard, vingt ans sous son haleine,
L'Europe, comme un fleuve, à ses pieds bouillonna;
Et vingt ans sous le feu des canons à mitrailles ,
Le monde entier lui crut un cœur et des entrailles
Bronzés aux forges de l'Etna.

Oui, certes, il fut grand ! si grand que Dieu lui-même
Avant de lui briser au front le diadème
Sembla se recueillir et parut hésiter !
Et qu'en le regardant faire sa moisson d'hommes,
Broyer le sceptre aux rois et faucher leurs royaumes,
La mort n'osa pas l'arrêter.

Puis, quand l'heure sonna, quand le Typhon sublime
Dut crouler à son tour du faîte dans l'abîme,
Il fallut un chaos pour arrêter ses pas !
Il fallut un hiver terrible et l'incendie
Pour arracher le globe à sa serre hardie :
Les hommes seuls ne pouvaient pas.

Et quand il fut tombé, les rois se consultèrent ;
Ils se firent geôliers du maître, et le jetèrent
Garrotté dans une île au bout de l'Océan :
Comme s'ils ne pouvaient, ces trôneurs légitimes,
Dormir en paix chez eux, sans placer des abîmes
Entre l'Europe et le Titan.

III.

Eh bien! Napoléon, l'homme qui, vingt années,

Du plat de son épée a souffleté les rois ;

L'homme qui força Dieu de consacrer ses droits ;

Et, vingt ans, de ses mains pétrit nos déstinées,

Quand il fut revêtu de son dernier linceuil,
Et couché dans un coin de son roc solitaire,
Comme un de ses valets alla moisir en terre;
Et les fleurs, au printemps, fouillèrent son cercueil.

Ils l'avaient embaumé! comme si Bonaparte
Avait besoin, pour vivre à jamais sous le ciel,
D'être momifié par ordre officiel,
Ou d'avoir son tombeau comme un faiseur de charte!

L'embaumer! et pourquoi? pour le soustraire aux vers?
Mais vous ignorez donc que tout, dans la nature,
Est nécessaire au tout, et qu'il faut leur pâture
Aux goules de la tombe ainsi qu'aux fenouils verts!

Alexandre, César, Napoléon, qu'importe?...
A Dieu leur ame, aux vers leur boueuse prison;
Et je ne sache pas qu'une majesté morte
Vaille plus qu'un manant pour fumer le gazon.

IV.

Oui!..pourtant quand les joncs et les mousses fleuries,
Du sombre val de Sinn désertant les scories,
Venaient mordre et fouler l'Empereur au tombeau,
Voir cette herbe et penser aux gloires de la terre,
Pour quiconque a du sang rouge dans une artère,
    Vraiment ce devait être beau !

Il me semblait, à moi, qu'une plante inconnue,
Qu'un arbre dont la tête eût fleuri dans la nue
Et la tige troué le sol jusqu'au néant ;
Qu'un chêne aux mille bras, à la feuille éternelle,
Seuls pouvaient crevasser la pierre solennelle
    Qui recouvrait l'homme géant.

Et bien ! non : les palmiers et les cèdres superbes
Laissèrent gazonner ce tertre aux viles herbes.
Un Scirpe s'y logea, car le val était frais ;
Et ses fleurs en épi, sur leur écaille brune,
Y vinrent au printemps s'ouvrir l'une après l'une,
    Aussi pâles qu'en nos marais.

Sa racine et sa feuille engaînante à la base,
Fouillèrent dix-huit ans l'impériale vase
Que vous avez hier portée au Panthéon ;
Et sans être plus beau ce Scirpe qu'on bafoue,
Dix-huit ans au soleil a vécu de la boue
    Qui fut jadis Napoléon.

Demain.

Nous ne vivons jamais, nous attendons
la vie. (LANTIER.)

Socrate disait adieu tous les soirs à ses
amis, ne sachant pas si la mort le lui
permettrait le lendemain.
(DE ST-PIERRE.)

DEMAIN.

—

Quand le frileux novembre au fond des prés humides
Des Colchiques d'automne effeuillant les chlamydes,
Jonche de leurs débris la plaine et le vallon,
Qu'aux flancs des monts Alpins grondent les avalanches,
Et que le Rouvre entend mugir entre ses branches
    La voix rauque de l'aquilon,

Assis près du foyer, dont la flammé scintille,
Frères, versez à flots cet Aï qui pétille
Et des flacons poudreux s'échappe en gerbes d'or :
La gaîté sied aux fronts qu'épanouit Silène.
Si l'hiver a flétri les grappes de la plaine,
 Leur jus divin nous reste encor.

Allons ! pour savourer ce nectar qui déride
N'attendons pas le jour où la vieillesse aride
Charge le souvenir de regrets importuns.
Infortuné celui dont l'existence atone
Aux tributs du printemps, aux trésors de l'automne,
 N'arrache pas quelques parfums !

L'avenir est un mot, le passé n'est qu'un rêve ;
Aimons tant que le cœur sent bouillonner sa sève ;
Buvons tant que la coupe est pleine en notre main !
Comme ces fleurs qu'amour enivre de délices,
Aux brises du plaisir entr'ouvrons nos calices,
 Insensé qui se dit : « Je jouirai demain. »

Le

Lutin de Bagnols.

—

A Malignon.

Aco's vraï couma sias aqui. Tou l'endrech
rous ou diriè aouta-bé qué yéou.
                                        (FABRÉ.)

LE LUTIN DE BAGNOLS.

.   —

C'était minuit : l'éclair et des flammes étranges
Croisaient au fond du ciel leurs bizarres losanges ;
Lugubre était la terre, et noir le firmament ;
Et derrière ces monts dont la croupe s'incline,
La foudre, bondissant de colline en colline,
        Éclatait, sombre, par moment.

Et chaque fois Bagnols, entr'ouvrant la paupière,
Tressaillait étendu sur sa couche de pierre
En regardant la nue orageuse passer :
Mais pas une dans l'air crevée en larges gouttes,
De ce triste horizon ne déchirait les voûtes
    Où le vent semblait les pousser.

Pour d'infâmes chrétiens c'était un soir d'orgie,
Le blasphème à la bouche et la face rougie,
Ils traversaient la place où s'élève une croix :
Son Christ étincelait au feu de la tempête ;
Ils passèrent !.. aucun ne découvrit sa tête
    Au saint aspect du Roi des rois.

Et leur impiété mêlait des chants obscènes
A l'orchestre imposant de ces lugubres scènes ;
Et la foudre, là-haut, tonnait sans les punir.
Mais tout-à-coup près d'eux, sous les arches des halles
Un cheval que l'éclair montrait par intervalles
Du pied frappa la terre et se prit à hennir.

« Oh ! dirent-ils, voilà le Bucéphale agile

« Qui transporte aux hameaux le prêcheur d'Évangile:

« Vient-il prier le Dieu qui jamais n'exista ?

« Ce doit être plaisant d'écouter sa prière :

« Voyons !!.. » Le coursier noir agitant sa crinière

    Marcha vers eux et s'arrêta.

Et tous alors, riant avec un rire impie :

« Qu'il porte nos péchés au fleuve et les expie ! »

Et l'un d'eux sur ses flancs en guide s'érigeait.

Un autre le suivit... ô prodige ! sa croupe

Sous chaque nouveau bond du sacrilège groupe,

    Mystérieuse, s'allongeait.

Un seul restait encore, et l'éclair plus livide

Sur l'étrange coursier montrait sa place vide :

« Il a peur ! il a peur ! dit le groupe hideux. »

Mais lui par un blasphème insultant le tonnerre,

D'un élan convulsif abandonna la terre,

    Et le dernier s'assit près d'eux.

Alors un cri bizarre, un son inimitable
Annonça le réveil du coursier indomptable :
Du frein qui l'enchaînait sa dent broya le mors ;
Sa crinière flotta , ses quatre pieds bondirent,
Et des rires bruyants dans les airs répondirent
    Comme un écho du val des morts.

De la ville , trois fois il parcourut l'enceinte ;
Et trois fois il revint aux pieds de la croix sainte
Des cavaliers maudits humilier l'orgueil.
Sans descendre, leur front s'inclina dans la poudre ;
Et leur bouche, trois fois, aux éclats de la foudre
    Du piédestal baisa le seuil.

Puis le clocher aigu de Bagnols fuit dans l'ombre.
Le cheval est parti comme un ouragan sombre,
Comme un torrent fougueux vers la Cèze emporté ;
Et les cailloux broyés, électriques parcelles
Volant sous ses pieds noirs en milliers d'étincelles,
    Rayonnent dans l'obscurité.

Horreur !!! sous le vieux pont où, dans un large gouffre,

Le flot bleu de la Cèze en tournoyant s'engouffre

Et revient sur les bords pâle comme un linceul,

Coursier et cavaliers ensemble tourbillonnent,

S'enfoncent, en hurlant, sous les eaux qui bouillonnent,

    Mais le cheval remonta seul !

Les deux Fleurs.

LES DEUX FLEURS.

Pieux ermite des montagnes,
Quelle est cette reine des fleurs
Qui, seule, et loin de ses compagnes,
Superbe, étale ses couleurs?
Aux flancs gris des rochers qui pendent
Ses larges feuilles se répandent
Sur les abîmes du torrent;
Ses tiges de dards se hérissent,
Les pleurs et le sang la nourrissent,
L'air qu'elle exhale est dévorant.

— Beau damoisel, un jour Dieu veuille
L'accorder pure à ton désir,
Car trop souvent elle s'effeuille
Dans la main qui croit la saisir.
Sur elle déployant sa rage
Bien des fois le vent de l'orage
La roule dans ses tourbillons;
Et ses semences vagabondes
Que le temps doit rendre fécondes
N'ont que des tombes pour sillons !

C'est pour l'encens dont elle embaume
Qu'un Pline affronte les volcans,
Et que les guerriers sous le heaume
Veillent aux barrières des camps.
C'est la gloire ! un jour, sa couronne
Qu'une flamme d'or environne,
Pour ceindre tous les nobles fronts
Des héroïques fils des Gaules,
Sous l'équateur et sous les pôles
N'aura pas assez de fleurons.

— Oh ! bon ermite, dis encore,

Dis quelle est cette fleur, là-bas ?

Un tendre rayon la colore,

Zéphyre effleure ses appas.

Le regard du jour l'intimide ;

Au fond de son calice humide

Je vois aussi nager des pleurs ;

Sa tige frêle au vent se plie,

Un reflet de mélancolie

Teint le pourpre de ses couleurs.

— Beau damoisel, que le mystère

Vers elle te guide toujour,

Cette naïve solitaire

Perd tout son éclat au grand jour.

A l'ombre épaisse des allées,

Sous les berceaux, dans les vallées,

Elle fuit l'œil des importuns ;

Et sous la main qui la profane

Sa belle corolle se fane

Avant d'exhaler ses parfums.

Loin du manoir, à la veillée,

Au bruit des ondes et du vent,

Bachelettes sous la feuillée

Près d'elle vont rêver souvent :

C'est l'amour ! sa feuille s'envole

Avant que l'automne désole,

D'un souffle humide, les grands bois ;

Mais le parfum de son aurore,

Mais son souvenir dure encore

A qui l'a connut une fois.

Le Caltha.

Et elle s'éteignit entre un sourire
et une larme.

(EUG. SUE.)

LE CALTHA.

—

Elle aimait à causer assise près de l'onde
L'orpheline Caltha, la vierge pâle et blonde :
Caltha dont le sourire était si doux au cœur,
Enfant qui se penchait avec mélancolie
Sur mon sein , comme fait sur les eaux l'Ancolie ;
    Belle d'amour et de langueur !

Et moi je lui disais un soir, l'ame ravie :
Aimons-nous ! aimons-nous ! étoile de ma vie !
O Caltha, le bonheur est de s'aimer toujours.
Mais elle : « Mon ami, Dieu fit ce mot pour l'ange :
Tout se fane ici-bas, tout s'effeuille, tout change,
  Les fleurs, les hommes et les jours !

Naguère tu voyais l'Hottone au cou d'albâtre
Et les Nuphars dorés sur les ondes s'ébattre :
Où sont-ils ? un soleil de juin les étouffa.
Le Ményanthe à peine a compté deux aurores ;
Et juillet aujourd'hui disperse aux vents sonores
  L'aigrette fauve des Tipha.

Hier les plis amoureux de la vague adoucie
Sur ses feuilles en cœur berçaient la Villarsie ;
Au pied des Alisma nageait l'Hydrocharis ;
Le Butôme orgueilleux de ses ombelles roses,
Déployait au zéphir ses fleurs toutes écloses,
  Et l'eau chantait sous les Iris ;

Máis l'orage est venu de nuit.... leur tige frêle,

Aux étreintes du vent, des flots et de la grêle,

A vu tous ses rameaux périr jusqu'au dernier.

La tempête a brisé sur le lac solitaire

Les flèches qui, le soir, paraient la Sagittaire,

    Et les chatons du Rubanier.

Et nous aussi peut-être, avant que sur les mousses

L'Ysopire au soleil montre ses jeunes pousses,

Nous aurons dit au monde un éternel adieu.

Mais comme l'aube au jour annonce la lumière,

Moi, j'irai dans le ciel, t'annonçant la première,

    Me reposer au sein de Dieu !

Et Caltha s'éteignit quand sur les eaux moins sombres

Les saules dépouillés ne jetèrent plus d'ombres.

Aux bords qu'elle aimait tant elle vint se rasseoir,

Et son œil s'y ferma comme dans la prairie

Le bleu Myosotis, sa fleur la plus chérie,

    Ferme son calice le soir.

Puis l'hiver accourut. Janvier sous mille formes
Etoila de glaçons les bras nus des vieux ormes;
Et lorsque pour son nid l'Alcyon butina,
A la place embaumée où l'astre au front d'opale
Avait vu, dans mes bras, mourir la vierge pâle,
Une fleur jaune rayonna.

Sa faible tige, hélas! de rameaux dépouillée,
S'inclinait vers les eaux, ronde, lisse, feuillée.
Mais le plus bel Iris de nos tièdes vallons,
Jaloux, eût envié l'émail de la couronne
Que lui formaient, soudés en un seul périgone,
Cinq larges pétales oblongs.

Ses étamines d'or aux formes indécises,
Nombreuses, scintillaient sur le torus assises;
Tandis qu'un style simple, effilé, terminal,
Soutenant le stygmate au front de chaque ovaire,
Douze fois allongeait le tube linéaire
De son mystérieux canal.

Jamais, avant ce jour, de son aile dorée
Le papillon de mai ne l'avait effleurée ;
Jamais, lorsque ses fruits étaient prêts à mûrir,
Aux bords du même lac ses sœurs, les renoncules,
N'avaient vu les parois de ses douze capsules
    Toutes fécondes, s'entr'ouvrir.

Et moi, sur cette rive où tout me parlait d'elle,
Moi qui la demandais à chaque fleur nouvelle,
Depuis l'aube néfaste où Dieu me la ravit,
Par un songe abusé, je crus la reconnaître
Dans la fleur que le ciel à mes yeux faisait naître
    Comme une étoile dans ma nuit.

Et je venais le soir, je venais à l'aurore
La regarder, pensif, la regarder encore,
La voir s'épanouir, lui parler de Caltha,
Et, triste, savourer ce douloureux prestige
Jusqu'à l'heure où sur l'onde, arraché de sa tige,
    Son dernier pétale flotta.

Scilla maritima.

—

A M. Deschamps,

MEMBRE DE LA SOCIÉTÉ D'AGRICULTURE DE LYON.

Ecce tibi viridi se Scillæ caudice tollunt atque
humiles alto despectant vertice flores, litto-
rea ridente Myrica.

RAPIN.

SCILLA MARITIMA.

—

Salut, plaine de sable aux mouvantes collines !
Flot joyeux de la mer qui bondis et t'inclines
Sous l'haleine des vents en amoureux sillon !
Voûte aux piliers d'azur, basilique infinie
Que sur elle au printemps la tiède Occitanie
Déroule comme un pavillon !

Salut, zéphir, brise folâtre
Qui vins hier te reposer
Sur ma fleur aux lobes d'albâtre
Et l'épanouis d'un baiser !
Salut, immensité profonde
Qui, la nuit, chantes sous ton onde
Comme les sylphes d'Orient :
Jamais l'horizon que tu brodes
N'a semé de plus d'émeraudes
Le fond d'un ciel luxuriant.

C'est que je suis éclose à l'aube purpurine,
Moi, rivale du Lis, moi, la Scille marine,
Moi que le Chêne altier et son dôme insultant
N'abritèrent jamais sous d'odieuses branches
Quand mon front au soleil de mille étoiles blanches
Se couronne comme un sultan.

J'aime ces plaines cristallines

Où le souffle des tourbillons

Change les sillons en collines

Et les collines en sillons.

J'aime l'oiseau bleu du rivage,

La mauve blanche au cri sauvage

Si folle et si peureuse à voir

Quand l'épervier aux ailes brunes

D'un bec ardent rase les dunes

Où sommeille le taureau noir.

J'aime l'air embaumé que la Moule entr'ouverte

Aspire avec le flot dans son lit d'algue verte,

Le bruit sourd de la houle, orageuse les soirs,

Et ces lames sans fin vers les grèves portées

Qui, soulevant au loin leurs crêtes argentées,

Scintillent comme des miroirs.

A vous, mes sœurs, les prés humides,
A vous les plateaux veloutés
Où l'ombre sur vos fronts timides
Répand ses molles voluptés !
A vous les marais solitaires,
Le bois sombre au milieu des terres,
Les plaines qu'abritent les monts,
Ou les bords du ruisseau limpide
Qui passe joyeux et rapide
Comme les jours où nous aimons !

A moi, fille de juin, reine à tige flottante,
Sous un soleil torride un ciel de feu pour tente ;
Pour couche sur la dune, à moi, le sable amer ;
A moi le flot qui roule en gerbes de phosphores ;
Et pour hymne, au réveil, sur les grèves sonores
La voix puissante de la mer !

Ici je brille sans rivales ;

Ici l'été n'a point de fleur

Qui, superbe, ose à mes pétales

Comparer sa blanche couleur.

A mes pieds qu'effleurent les ondes

Nagent les soudes vagabondes,

Rampent les Statices fleuris ;

Et l'Ammophile qui bourdonne

Pour mes corolles abandonne

L'épi rose des Tamaris.

Ici je ne crains pas que l'Ajonc des collines

M'étouffe dans ses bras tout hérissés d'épines ;

Que le houx de ses dards me déchire les flancs,

Ni que ma feuille en glaive et toujours étalée

Au milieu des buissons s'allonge, mutilée,

    Sur un lit de cailloux brûlants.

Plus fière sous ces latitudes

Que l'Agapanthe des jardins,

Je préfère mes solitudes

Au faste des plus beaux édens,

Le prisme éclatant du mirage

Fait flamboyer après l'orage

La steppe où j'aime à me nourrir;

Le soleil de ses feux m'inonde,

Et cet astre qui me féconde,

Seul, a le droit de me flétrir.

Et malheur à celui qui, fouillant mes entrailles,

Cherche un mets dans ma bulbe aux rougeâtres écailles

La fièvre convulsive illumine ses yeux ;

Le sang plus embrasé dévore ses artères ;

Et brûlé du poison de mes sucs délétères

Il meurt dans un vertige affreux !

Mais quand la toux brève et sifflante
Creusant la tombe du vieillard
Dans les poumons qu'elle tourmente
Résiste aux vains efforts de l'art,
Mes squammes qu'alors on implore
Aux enfants du dieu d'Épidaure
Offrent leur puissante vertu :
Bientôt je dissipe les craintes;
Et l'asthme aux nerveuses étreintes
Devant moi fléchit abattu.

Que la moderne Hygie exhalte et me préfère
Les simples orgueilleux du nouvel hémisphère :
J'ai payé de bienfaits ses dédains insultants.
Contre l'oubli d'un jour les siècles me protègent;
Et, comme cette mer dont les vagues m'assiègent,
Je saurai triompher du temps.

Viens !

..... Tout mon cœur te réclame :
Oh! viens réaliser ce qu'aux yeux de mon ame
Enviaient les yeux de mes sens.

VIENS !

—

Accours, viens dans mes bras, délices de ma vie !
D'inextinguibles feux je me sens embrâser :
Verse des flots d'extase à mon ame ravie ;
    Fais-moi mourir dans un baiser !

Qu'importe à ton amant, s'il vit dans ta mémoire,
Et la nuit du sépulcre, et l'oubli des ingrats?
Qu'importe, à lui, la mort; qu'importe, à lui, la gloire,
  Pourvu qu'il meure dans tes bras?

Enfant, parmi tes sœurs c'est toi que j'ai choisie
Pour dérider les plis de mon front soucieux:
Enivre-moi d'amour; l'amour, c'est l'ambroisie
  Que les anges boivent aux cieux!

  Comme la rose de la plaine
  Tu captives par tes attraits:
  Son arome est dans ton haleine,
  Sa fraîcheur brille sur tes traits.

De ton parfum suave embaume donc ma voie;
L'ame ainsi que la fleur aime à s'épanouir.
Épanouis mon être au souffle de ta joie,
  Dans un baiser fais-moi mourir!

Quand le matin suspend ses perles de rosée
     A l'arbre de nos jours,
Que nous fait du midi l'atmosphère embrasée ?
Aimons-nous ! l'âge d'or ne dure pas toujours.

Prismatisons notre ame au chatoyant mirage
Qui de fleurs et d'azur brode notre avenir ;
Si l'homme a l'espérance au début du voyage,
    Il a plus tard le souvenir.

Accours, viens dans mes bras, délices de ma vie !
D'inextinguibles feux je me sens embraser :
Verse des flots d'extase à mon ame ravie ;
    Fais-moi mourir dans un baiser !

Le Pic Saint-Loup.

SOUVENIR DU 19 MARS 1828.

--

A Charles Vede.

Sén Lou a més soun mautel :
Gara la plogia !

BANASTA.

LE PIC SAINT-LOUP.

—

Aux heures d'insomnie, heures où le poète
Écoute vaguement bruire dans sa tête
L'écho mystérieux de ses rêves passés,
Quand sa vie en tableaux fantasques se déroule
Comme un lac orageux dont la brise ou la houle
    Déplisse les flots nuancés,

Frère ! n'as-tu jamais dans ces molles extases
Qui de nos jours éteints ressuscitent les phases
Vu le ciel devant toi flamboyer tout-à-coup,
Et sous l'ardent soleil de notre Occitanie
Brunir ou scintiller, prophétique génie,
    Le colosse du pic Saint-Loup ?

N'as-tu pas vu, le soir, quand la mer gronde et fume
Sur ce mont bleu descendre un nuage de brume
Et de blanches vapeurs sa croupe se voiler ?
Les nuits tombent alors plus chaudes et plus lourdes;
Et, là bas on entend, comme des clameurs sourdes,
    La voix des tonnerres hurler.

Dis, ne l'aimes-tu pas quand, sereine et puissante,
Sa crête à l'horizon se dresse, éblouissante,
Comme un sphinx de granit aux épaules d'azur,
Et que le front hautain de ce roi des Cévennes
Semble dire au soleil, ruisselant dans ses veines:
    Demain le ciel restera pur !

Oh ! moi, j'ai bien des fois évoqué la journée
Où mes jeunes amis, — troupe disséminée
Par l'aveugle fortune à qui Dieu nous soumet, —
Vinrent du pic géant saluer les approches ;
Et, joyeux pèlerins, escaladant ses roches,
        Se reposèrent au sommet.

C'était un jour sacré : le jour saint où l'on prie
Le bienheureux époux de la vierge Marie !
— Joseph est le patron que vénère ce lieu. —
L'encens devait fumer ; aux cantiques des anges
Allaient bientôt s'unir de pieuses louanges :
        L'homme y venait s'offrir à Dieu !

Et cependant le mont, de franges nébuleuses
Avait enveloppé ses formes anguleuses.
Ses flancs gris, couronnés d'un cercle de brouillard,
Dans cette mer de brume avaient perdu leur cime
Qui frissonnait, là-haut, toute blanche, sublime
        Comme une tête de vieillard.

L'atmosphère trouait ses humides voilures
Aux pointes des rochers, aux vertes chevelures
Du chêne et de l'yeuse ; et ses lambeaux fumants,
Tantôt crevés en pluie inondaient la vallée,
Et tantôt s'allongeaient, diaphane volée,
    En bizarres entablements.

Mais ces groupes épars sur la montagne nue,
Ces vierges, ces enfants ondulant sous la nue
Avaient je ne sais quoi de pur et de divin :
On aurait dit le cœur de ces ames heureuses
Que suivait Ossian, blanches et vaporeuses,
    Sur les collines de Morven.

Aussi jamais le Pic, quand sa tête rayonne
A l'éclatant soleil dont l'orbe le couronne,
Et que ses yeux jaloux voient fuir à l'horizon
La chaîne de Vaucluse et les monts de Pyrène,
Et ces flots que la mer capricieuse entraîne
    Où fut la ville de Didon,

Jamais il n'apparut si beau, si poétique
Que ce jour où glacé, nuageux, fantastique,
Sous les pieds des chrétiens, superbe, il s'inclina,
Réveillant ses échos dont la voix solennelle
Vibrait comme devant la parole éternelle
    Ceux de l'Oreb ou du Sina.

Christ allait s'immoler à la chapelle sainte ;
Et la foule accourait vers sa rustique enceinte
Comme un peuple nomade allant s'expatrier :
Heureux, devant Celui qui la mesurait toute,
Devant l'œil flamboyant qui lui marquait sa route,
    Heureux ceux qui venaient prier !...

Nostalgie.

Je trouve délicieux l'air qui vient de Provence.

(UN TROUBADOUR.)

NOSTALGIE.

—

Comme Dieu les a faits rapides,

Comme ils se fanent dans nos mains

Ces jours suaves et limpides

Qui n'auront pas de lendemains !

Comme on effeuille dans la vie,

Ces heures où l'ame ravie

Croit à ses rêves enchantés :

Éclairs de volupté secrète

Que l'homme, hélas ! toujours regrette,

Et qu'enfant il n'a pas comptés !

Dans le sillon natal où, jeune et plein de sève,
Un soleil de printemps me dorait chaque rêve,
Je vivais comme vit la fleur de nos édens ;
Et sans toucher aux fruits de l'arbre de science,
Heureux, je voyais fuir avec insouciance
    Mes jours si vides et si pleins.

Hélas ! aux vents de l'infortune,
Aux orages des passions,
J'ai vu tomber, l'une après l'une,
Mes naïves illusions.
L'âge, l'absence, l'égoïsme,
Ont tour-à-tour brisé le prisme
Qui me cachait la vérité ;
Et devant moi, rieuse impie,
Avec ses ongles de harpie
Se dresse la réalité.

Oh ! mes yeux ont versé bien des larmes amères

Sur tout ce que le siècle appelait mes chimères,

Et j'ai presque maudit l'heure qui m'a conçu,

Car dans le tourbillon du chaos où nous sommes,

Enfant, je sais déjà qu'en marchant près des hommes

Chaque pas sur la terre est un espoir déçu !

Fragolette.

La vita fugge e non s'arresta un' ora,
E la morta vén dietra a grand' giornata.

PÉTRARQUE.

FRAGOLETTE.

———

Depuis que loin du monde elle a pris sa volée,
J'ai visité cinq fois l'enclos silencieux
Où Fragolette dort sous la pierre isolée :
— Pauvre Lis qu'un trompeur ravit à sa vallée
    Pour le briser sous d'autres cieux ! —

9

Et cinq fois, à l'aspect du marbre tumulaire

Que de ses longs rameaux abrite un saule vert,

Mes lèvres ont prié pour l'ange solitaire,

Qui n'est plus maintenant, hélas! qu'un peu de terre

D'un peu de terre recouvert.

Mais celui dont l'amour eût parfumé son ame,

Celui qui dans son cœur le disputait à Dieu,

Celui qu'elle étreignait de ses rêves de femme,

Au chevet d'agonie il ne vint pas, l'infâme!

Recueillir son dernier adieu.

Pour un nouveau caprice il l'avait délaissée :

Au seuil d'une rivale il volait, triomphant;

Et, — pareille à la fleur que le soc a blessée,

Sur sa couche de mort tristement affaissée,

Elle pleurait, la pauvre enfant ! —

Et je pleurais aussi de voir, dans sa parure,

S'éteindre par degrés ce sylphe gracieux.

Et mon œil admirait sa longue chevelure

Qui d'un bandeau d'ébène entourant sa figure

L'encadrait de ses flots soyeux.

Oh ! que je la plaignais ! et que de fois, près d'elle,

Au bienfaisant oubli je criai d'accourir !!

Mais l'oubli ne vint pas l'abriter de son aile :

Hélas ! en la créant Dieu fit son cœur fidèle,

Et Fragolette dut mourir.

Et voilà que la tombe à nos yeux la dérobe.

Pour briller et s'éteindre, ici-bas elle a lui.

Le ciel l'avait prêtée à ce terrestre globe,

Et quand de l'existence elle entrevoyait l'aube,

Le ciel l'a rappelée à lui !

La Pholade.

—

A Madame Clara-Francia Molard.

Les plus beaux rêves de l'imagination ne sont
qu'un pâle reflet des œuvres de Dieu.

ALPH. KARR.

LA PHOLADE.

—

Redescendez la vie et faites-vous en rêve
L'insoucieuse enfant qui venait sur la grève,
Quand la vague miroite et se courbe en vallon,
S'asseoir ou folâtrer sur les lits de Zostère
Qu'incessamment le flot roule et pousse à la terre
Au pied des rochers bruns de la mer de Toulon.

Hâtez-vous : le soleil redore les feuillages ;
Les bricks à l'horizon creusant leurs blancs sillages
Comme des Goëlands semblent prendre l'essor :
Le flux des lames tombe, et chaque folle ondée
Par les vents du matin moelleusement ridée
Sur le sable qui fume abandonne un trésor.

C'est la plage !! voyez le ruban qui la brode
Pommelé de saphir, de nacre, d'émeraude,
Étendre au loin ses plis aux contours onduleux ;
Et devant vous épars sur les eaux purpurines
Les mollusques nager comme des fleurs marines
Écloses tout-à-coup dans les sillons houleux.

Voyez, voyez la mer et ses nappes flottantes
Emporter les Vénus qui referment leurs tentes
Pour éviter du jour les regards enflammés,
Et dans leur conque jaune aux spirales d'albâtre
Les Tritons, sans défense à vos pieds se débattre
Sous les pinces de fer des Crabes affamés.

Là gisent, confondus, la Moule violette,

L'Octope monstrueux aux longs bras de squelette,

Les Murex abrités sous un casque de dards,

Le cône alvéolique où dorment les Balanes,

Et les frêles Solens dont les deux valves planes

Se soudent l'une à l'autre en gaîne de poignards.

Ici rampent, fuyant sur le rivage humide,

Les Troques revêtus d'un test en pyramide,

La Natice à collier, blonde Hélice des mers,

Et tous ces fils des eaux qui, vers leur riche empire,

Traînent sur un seul pied une coquille en spire

Ou se creusent un lit dans les sables amers.

Mais ceux qui, moins heureux, informes, inagiles,

Sous la double paroi de leurs valves fragiles,

Végètent sans amour et vivent enfermés,

Oubliés par le flot qui la nuit les entraîne,

Des plus riches couleurs vont émailler l'arène,

Pareils à des miroirs sur la plage semés :

Voici les Cardiums fauves, et les Tellines
Plus roses que la fleur du rosier des collines,
Les Peignes bigarrés chéris du pèlerin,
La Cythérée ovale, et la Donace verte
Qui semble, en refermant sa carène entr'ouverte,
Chercher l'obscurité de son palais marin.

Laissez derrière vous la Pandore effrayée
Trouer du sol mouvant la surface rayée
Et dans ses plis obscurs, vivante, s'enfouir :
Voici, comme une vierge ou comme un lis vêtue,
La Pholade, étalant au soleil qui la tue
Sa cuirasse de lait, blanche à vous éblouir.

Croiriez-vous, à la voir sous sa faible tunique,
Peureuse, s'allonger en cylindre conique
Débordant les parois de son double manteau,
Que ce corps si chétif, cette frêle coquille,
Des superbes trois-ponts, ronge et perce la quille
Pour chercher un asyle ou s'y faire un tombeau ?

Croiriez-vous que ce tube — avec ses mille stries,
Ses pointes par le sable et la vague meurtries, —
Si diaphane à l'œil qu'il semble dentelé,
Mieux que le vieillard chauve et les guerres civiles
Fit crouler bien des fois, au milieu de nos villes,
Les colonnes debout sur leur fût cannelé?

Et ce soir, quand la nuit sous sa robe d'étoiles
Verra le long des mats pendre toutes les voiles,
La montagne élargir sa couronne de pins,
Et dans la rade au loin dressant leurs silhouettes
Les frégates à l'ancre et les sombres goëlettes
Comme des poissons morts flotter sur leurs grapins,

Savez-vous quel lutin fantasque, insaisissable,
De rayons lumineux paillettera le sable?
Qui bleuira les eaux de jets phosphorescents
Si nombreux, qu'on dirait la mer, un jour de fête,
Comme un de nos palais illuminant son faîte,
Ou quelque lac d'enfer aux flots incandescents?

Ce sera lui, ce nain, ce mollusque débile
Qui s'est arrêté là, devant vous, immobile,
Pleurant sa belle vague et ses plis embaumés !
Lui, qui fort, et toujours ignorant de sa force,
De ses valves de nacre a refermé l'écorce
Pour fuir l'aile ou le bec du Sterne aux pieds palmés !

Et si vous demandez à la science humaine
Par quel agent secret ce double phénomène
Depuis quatre mille ans s'accomplit sous ses yeux,
Comment ce ver troua les marbres qu'il dévore,
Et pourquoi, tous les soirs, des langues de phosphore
Rayonnent de son corps et montent vers les cieux,

Elle se tait !.. devant cet être tout mystère,
Éblouis, confondus, les savants de la terre
Sans pénétrer la cause analysent l'effet.
Mais tandis que chacun affirme, hésite ou doute,
La Pholade poursuit sa lumineuse route,
Et Dieu par devers lui garde encor son secret.

La Mandragore.

C'est moi, c'est moi, c'est moi !
Je suis la Mandragore,
La fille des beaux jours, qui s'éveille à l'aurore
Et qui chante pour toi.

CHARLES NODIER.

LA MANDRAGORE.

—

L'air a tiédi, la neige fond,
Et comme les jeunes bergères
Avril s'est couronné le front
De Lilas et de primevères :
Accourez tous ! c'est le beau mois
Où les fleurs se hâtent d'éclore ;
Venez, venez au fond des bois,
Venez cueillir la Mandragore !

Venez, je suis la fleur qui chante au point du jour.

L'homme n'a point encor deviné mon essence ;

Et nulle de mes sœurs quand Flore tient sa cour,

Ne dispute avec moi de gloire ou de puissance.

Vierges, qu'embellissait un sourire vermeil

Et dont l'amour creusa la paupière jaunie,

Venez : j'abaisserai les voiles du sommeil

Sur vos yeux de quinze ans brûlés par l'insomnie.

Vous dont un époux adoré

N'a jamais fécondé la couche,

Et qui pleurez au mot sacré

De mère, si doux à la bouche,

Tristes Rachels, comme autrefois

Mes Dudaïm croissent encore :

Venez, venez au fond des bois,

Venez cueillir la Mandragore !

Enfant, gémissez-vous couché sur un grabat
Où veille la misère et son affreux cortège ;
L'impure Canidie au retour du Sabbat
A-t-elle fait sur vous tomber un sortilège ?
Venez à moi, venez ! j'apporte le bonheur :
La fortune obéit à mes moindres caprices ;
Satan fuit à ma vue, et mon souffle vainqueur
De tout enchantement détruit les maléfices.

Adeptes, quittez le creuset
Où l'or bouillonne comme l'onde ;
Si je vous dis le beau secret
Que, seule, je possède au monde,
L'ivoire amolli sous vos doigts
Prendra des formes qu'il ignore.
Venez, venez au fond des bois,
Venez cueillir la Mandragore !

Quand le chêne des monts pleure ses rameaux verts

Que le vent de l'automne abat de son haleine,

Ma feuille aux villageois annonce les hivers

Qui doivent des glaciers descendre sur la plaine.

Celui qui m'a cachée au fond de son trésor

Voit doubler chaque jour sa richesse première

Jusqu'à l'heure magique où, prenant mon essor,

Je vole dans les cieux en gerbe de lumière.

Debout, sorcières, nécromants,

Stryges, qui loin de tout profane,

La nuit, pour vos enchantements,

Broyez des simples dans un crâne !

Magiciennes, dont la voix

A souvent effrayé l'aurore,

Venez, venez au fond des bois,

Venez cueillir la Mandragore !

L'Abronie.

——

A M. Eugène le Bornier.

J'accuserai les vents et cette mer jalouse
Qui retient, qui peut-être a ravi Lapérouse.

ANDRÉ CHÉNIER.

L'ABRONIE.

—

Aux heures où le ciel de nos belles contrées
S'illumine au couchant des teintes empourprées
Qu'à son limpide azur mêlent nos soleils d'or,
Où, pardessus les monts qui festonnent l'espace,
Le nuage du soir, attardé, flotte et passe
  Comme les ailes d'un Condor,

Heures de volupté, d'étude et de mystère,
Où l'ame du poète écoute sur la terre
Le cantique sans fin des anges dans les cieux,
Alors que repliant ses pétioles roses
La plus timide sœur des pudiques Mimoses
    Au jour mourant fait ses adieux,

Dans le palais de Flore aux lambris diaphanes
Des chants harmonieux, inconnus des profanes,
Hier vibraient exhalés du calice des fleurs;
Une jeune étrangère arrivait sous ces voûtes,
Et son front soucieux, qu'elles admiraient toutes,
    Semblait fané par les douleurs.

Salut! trois fois salut, lui disait la Nyctage;
D'où viens-tu? dans quels flots ondulait ton visage,
Ma sœur? Arrives-tu des bords où le Typhon
    Roule en collier la frêle tige
    De l'Epidendre qui voltige
    Sur les montagnes du Niphon?

Fleurissais-tu dans les savanes,
Parmi les touffes de Lianes
Où serpente le Vanillier
Qui penche et mire dans les ondes
Avec ses tresses vagabondes
L'or pâle de son tablier?

As-tu quitté l'ile odorante
Où tombe en larme transparente
Le Benjoin qu'on brûle au sérail?
Ou les Cyclades inconnues
Qui de perfides roches nues
Hérissent la mer de corail?

Buvais-tu l'onde tiède et rose
Qui sous les tropiques arrose
Les pieds géants du Baobab,
L'arbre aux rameaux impérissables
Qui s'étend sur la mer de sables
Comme fait aux cieux le Tuba?

Oh ! ma sœur, conte-nous tes dangers, tes voyages ;

Conte-nous tes amours ; dis quels sont les rivages

Où Dieu t'avait semée, où tes fleurs se cachaient :

Ici tu peux ouvrir ton limbe aux cinq pétales

Que peut-être, là-bas, dans tes forêts natales

Les vents d'orage s'arrachaient.

II.

L'étrangère écoutait ; ses feuilles opposées
Se déroulaient en cœur, simples, indivisées ;
Et de nos jours de mai les parfums ravissants,
D'une nouvelle vie énivrant ses racines,
Ranimèrent le style et les cinq étamines
    Dans ses calices languissants.

Alors elle était belle à côté des plus belles,

Car ses fleurs imitaient d'élégantes ombelles

Dans le même involucre assises en bouquet ;

Douze hymens, tous féconds, brillaient à chaque grou

Et cinq cœurs renversés du limbe de leur coupe

    Échancraient le sommet.

Soudain du tube rose où la pauvre inconnue

Suivait le jour mourant sous la dernière nue,

S'échappèrent des sons mélodieux, plaintifs,

Vagues comme les bruits aigus et métalliques

Que dans les bois du Nord jettent, mélancoliques,

    Les sapins et les ifs :

III.

Quand il me vit, murmurait-elle,
Mon front dès l'aube épanoui
Me faisait gracieuse et belle
Comme vous l'êtes aujourd'hui.
Mes feuilles n'étaient point flétries
Dans les sablonneuses prairies
Où j'ai bu les parfums de l'air
Que les flots de la mer vermeille
Exhalent, quand elle sommeille,
Sous le tropique du Cancer.

L'ombre amoureuse du platane

Voilait mes naïves couleurs,

Ma tige de valériane,

Mes ombelles toutes en fleurs :

— « Viens, me dit-il, viens, Abronie,

Le ciel de la Californie

Ne doit pas seul te voir fleurir.

Oh ! viens : ces éternelles brumes

Et ces flots toujours blancs d'écumes

Avant l'heure te font mourir.

Laisse tes plages et leurs ondes

Pour nos climats voluptueux

Où l'art aux fleurs de tous les mondes

Offre un asile somptueux.

Là jamais de serpent livide,

De ver rongeur, d'insecte avide

Ne souille leur fraîche beauté :

Le jour est pur, la nuit est douce

Comme le vent qui sur la mousse,

Courbe ton disque velouté. » —

Alors j'abandonnai mes sables,

Mes collines aux verts sommets,

Mes bois de cyprès et d'érables :

Je le suivis, car je l'aimais !

Mais, — ô jour de terreurs mortelles ! —

Il a voulu des mers nouvelles

Braver encore le péril,

Et vers sa patrie inconnue,

Seule, mes sœurs, je suis venue....

Lui, près de nous reviendra-t-il ?

IV.

L'orpheline se tut. Jamais nuit plus sereine
Ne tomba sur les flots miroitants de la Seine :
On eût dit, tant le ciel était moelleux et pur,
Que les dômes, les tours et les clochers d'ardoise
Dont la vieille Lutèce en dormant se pavoise,
Nageaient dans une mer d'azur.

Les trésors qu'envoyait le nouveau Bougainville
De songes orgueilleux berçaient la grande ville.
La science rêvait de plus vastes jardins ;
Et Flore en adoptant la timide Abronie,
Semblait croire déjà qu'enfin l'Océanie
  Allait nous ouvrir ses Edens.

Mais l'ouragan, là-bas, secouait par rafales
Le plus sombre archipel des Cyclades australes :
Trois nuits sur l'Océan la tempête hurla ;
Trois nuits au pôle sud les éclairs flamboyèrent ;
Et des bancs de corail les rochers aboyèrent
  Comme le gouffre de Scylla.

Sous les brisans noyés dans la brume jalouse
La vague et les Typhons dévoraient Lapérouse !
Ses vaisseaux mutilés, hâchés par les récifs,
Dans l'abîme entr'ouvert comme un plomb s'engloutirent,
Puis des cris assassins sur les flots retentirent
  Suivis de râles convulsifs.

Et ceux que notre espoir divinisait naguère,
Terrassés par la faim, décimés par la guerre,
Loin du soleil natal que demandaient leurs yeux,
Tombèrent massacrés sur la côte fumante ;
Et nulle voix de mère, ou de sœur, ou d'amante,
　　Ne reçut leurs derniers adieux.

Ah ! ta douleur rêveuse, inquiète Abronie,
Semblait nous présager cette horrible agonie :
Ta langueur prophétique annonçait notre deuil.
Hélas ! et nul de ceux que ta fleur nous rappelle
Ne doit la voir, au mois de la saison nouvelle,
　　Triste, pencher sur son cercueil !

Un jour, peut-être, un jour — quand plus rien sur la ter
Plus rien sous l'horizon ne saura ce mystère,
Excepté l'ouragan, l'abîme et le bourreau, —
Sur une tombe vide, une main généreuse
Confira le récit de leur fin douloureuse
　　Aux mangles de Vanikoro.

Le Départ.

LE DÉPART.

—

N'aimez-vous pas rêver, tranquille, au bruit des roues,
Quand les pieds des chevaux font scintiller le sol,
Que l'haleine du soir vient caresser vos joues,
Et que les sons aigus du grelot espagnol
Se mêlent aux soupirs monotones et vagues
Qui semblent, dans les airs, rouler comme des vagues?

Dites, n'aimez-vous pas, quand le ciel est riant,

Que la lune sur vous, blanche et ronde, étincelle,

Voir ce large horizon qui tourne et qui chancelle,

Vêtu d'azur et d'or comme un roi d'Orient?

Alors, si les coursiers du char qui vous emporte

Bondissent en sueur sur le pavé tremblant,

Si quelque souvenir de vieille histoire morte

Se dresse devant vous comme un tableau parlant,

Si les champs où l'on court gardent quelque vestige

De gloire ou de revers, de joie ou de douleurs,

Tout revêt à vos yeux le vague du prestige

Et se pare, la nuit, de magiques couleurs.

Les arbres du chemin, pareils à des fantômes,

Dansent autour de vous, fantastiques et noirs ;

Et des riches villa les gigantesques dômes

Luisent comme une armure au foyer des manoirs.

Eh ! quelle volupté pour l'ame qui s'envole

D'ouïr encore les cris d'une cité frivole

Et ses rires bruyants qui, toujours plus lointains,

Par l'écho modulés, entretiennent les rêves

Comme la voix des flots expirant sur les grèves

Ou l'orchestre des vents dans la forêt de pins !!!...

TROISIÈME LIVRE.

Silvaréal.

SILVARÉAL.

Ce n'est pas un Tibur aux pelouse soyeuses
Avec des rochers bleus, des bosquets odorants,
Des cascades où l'eau tombe en nappes rieuses,
Et des milliers de fleurs qui regardent, joyeuses,
Leur émail réfléchi dans les flots transparents.

Ce n'est pas un ravin des Alpes Cévenoles
Descendant à la plaine avec ses Eglantiers,
Ses touffes de Genets, ses buissons d'Aseroles,
Et ses Smilax noués comme des banderolles
Aux troncs des chênes verts qui brodent ses sentiers.

C'est une Steppe ardente, échevelée, aride,
De maigres Violiers coiffant ses mamelons ;
Sans verdure au printemps, sans ombre au mois torride,
Et fuyant les baisers du soleil qui la ride
Dans les marais boueux où trempent ses pieds blonds.

C'est une île de sable aux mornes paysages,
Qui n'a pour éveiller ses longs échos du soir
Que le bruit sourd des flots mourant sur ses rivages,
Que les cris effarés des cavales sauvages
Et les mugissements rauques du taureau noir.

Mais quand l'hiver de perles blanches

A couronné les Tamaris,

Et que de froides avalanches

Labourent ses flancs amaigris ;

Quand le soleil voilé de brume

Dans une atmosphère qui fume

Rayonne, pâle, au firmament,

Et que les eaux de ses Avernes

Scintillent à ses reflets ternes

Comme des lacs de diamant,

Alors dans ses canaux et ses mares fangeuses

Grouillent des Echassiers les tribus voyageuses.

L'Outarde au port massif, aux tarses élevés,

Inquiète, y descend comme un voleur nocturne,

Et fouille jusqu'au jour la vase taciturne

Où le Scirpe et le jonc sèment leurs fruits ovés.

Alors aussi, blanche pirogue,

Le Cygne y soulève en nageant

L'eau des grands lacs où plonge et vogue

La Foulque noire au bec d'argent.

Le Vanneau dans ces landes mornes

Froisse aux tiges des Salicornes

L'aigrette de son chaperon,

Et sur la vague qui moutonne

Tinte, lugubre et monotone,

Le cri sauvage du Héron.

La Grue au vol puissant erre dans les savanes ;

Ou vers le Pôle austral fuyant par caravanes

Sur les étangs glacés passe en triangles noirs ;

Et la Cigogne brune, à la chute des ombres,

Sur le chaume fumeux de ses cabanes sombres

S'endort en regrettant la tour des vieux manoirs.

Parfois sur le marais des îles
Qui gisent à l'horizon bleu,
Des Flamants roses, immobiles,
Planent comme un ruban de feu.
Puis la phalange tournoyante
Descend, en ligne flamboyante,
Du haut des airs dans les sillons,
Et sur la grève bien-aimée
Comme une intelligente armée
Étend ses rouges bataillons.

Mais c'est tout ! — Si jamais, dans les nuits de tempête,
Des voix ont effrayé la royale forêt,
Si de rares Teutons y cachent leur défaite
Au fer de Marius dérobèrent leur tête
Sous des massifs de pins que la hache ignorait,

Si, remontant le cours du fleuve solitaire,

Les pirates coiffés du turban d'Ismaël

Ont en ce lieu de sang rougi leur cimeterre,

Dévasté les moissons, souillé le monastère

Et, captive, emmené quelque vierge du ciel,

C'est ce que rien ne dit. — La chronique et l'étude

N'ont pas même à glaner sur les créneaux du fort

Dont la tour, sans canons, garde une solitude

Et qui, les yeux éteints par la décrépitude,

Simulacre guerrier, commande au Rhône mort.

Le pâtre, qu'au hasard la misère promène,

Y marche, insoucieux des souvenirs du sol ;

Et les flammes, la mer ou l'industrie humaine,

Sur ce lieu qui jadis fut la Sylva romaine

N'ont pas même laissé d'asile au rossignol.

La Joséphinie.

LA JOSÉPHINIE.

—

Oh! si dans nos vallons Zéphyr t'avait semée,
Si les feux du printemps qui dorent notre ciel,
Joyeuse, t'éveillaient sur la pelouse aimée
Comme une de ces fleurs à la coupe embaumée
    Où nos abeilles font leur miel;

Si le pin des glaciers voyait ton auréole

Rayonner sur les monts qui brodent nos climats

Dans la saison douteuse où les baisers d'Eole,

Au milieu des Safrans, bercent la Nivéole

    Sur une nappe de frimats,

J'irais, ô fleur de Joséphine !

M'épanouir à ton soleil

Comme l'Ophrys de la ravine

S'épanouit au mois vermeil :

Et l'air suave que la brise

Modulerait, toute surprise,

En frôlant tes rameaux chéris

Serait pour moi l'hymne qu'en rêves

La jeune fille, au bord des grèves,

Entend sous le ciel des péris,

Je bénirais le jour où tu serais éclose.

Nul œil, avant le mien, quand tu devrais fleurir

Ne verrait sur la couche où Flore te repose

Ton limbe gris de perle, aux nuances de rose,

    Comme deux lèvres s'entr'ouvrir.

J'éloignerais l'essaim des blonds hyménoptères

Qui voudraient butiner sur ton lit nuptial,

Et boire tes parfums aux heures de mystères

Où la poussière d'or échappée aux anthères

    Couvre ton disque impérial.

    Oui, ma naïade rose et blanche,

    Je t'aimerais comme Rousseau

    Aimait l'azur de la Pervenche

    Qui se mire dans le ruisseau ;

    Comme l'étoile malheureuse

    Qui dans ma nuit aventureuse

Erre sans guide à l'horizon,
Et je dirais à tes corolles
Des chants plus doux que les paroles
Du flot à son lit de gazon !

Je supplirais nos vents, nos soleils, nos rosées,
De respecter la tige où tes feuilles en cœur
Partent de chaque nœud l'une à l'autre opposées,
Et sur un pétiole aux brises alisées
S'abandonnent avec langueur.

Et lorsque, dépouillant sa splendide ceinture,
L'ovaire aux flancs rugueux de pointes blasonnés
Dans l'ombre mûrirait pour la saison future
Les fils qu'à ton hymen réserve la nature
Et que l'amour t'aurait donnés,

J'irais m'asseoir dans nos prairies

Pour écarter l'avide oiseau

Qui va sur les tiges flétries

Dévorer les fleurs au berceau.

Puis, quand de tes noix épineuses

Déchirant les parois ligneuses

Tes graines s'ouvriraient au jour,

Je veillerais sur leur enfance

Comme la veuve sans défense

Veille les fruits de son amour.

Car elle s'appelait de ton nom, la Sylphide

Qui riait de ma joie et pleurait de mes pleurs,

L'ange qu'un jour le ciel me donna pour égide,

Et que dans la tempête une vague perfide

    Ravit naguère à mes douleurs.

Et depuis, que me font les sourires de femme ?
J'ai trop de souvenirs... je ne sais plus aimer !
Et je méprise l'art de feindre avec mon ame
Ces fébriles accès de tendresse et de flamme
    Que rien ne peut y rallumer.

Oh ! laisse-moi te parler d'elle,
Heureuse fleur, qui sous nos cieux
D'une Créole, reine et belle,
Reçus ton nom mélodieux :
Si mes biens y pouvaient suffire,
Sous le cristal, dans le porphyre,
Tu braverais nos longs hivers ;
Mais, hélas ! pauvre et solitaire,
Ton poëte n'a sur la terre
D'autre fortune que ses vers.

Tristesse.

Les choses de la terre ne valent
pas qu'on s'y attache.

NICOLE.

Nos attachements sont comme les fils de la
toile d'araignée ; si le sort les coupe, nous
tombons.

GALIANI.

TRISTESSE.

Vous qui peupliez mes nuits d'images adorées,
Qu'êtes-vous devenus, ô rêves d'un cœur pur ?
J'ai pressé le plaisir comme on presse un fruit mûr,
Il n'a point rafraîchi mes lèvres altérées.

Et maintenant, hélas! brisé d'épreuve, seul ,
Je marche dans la vie aussi froid qu'un cadavre :
L'avenir m'épouvante et le présent me navre,
Et je dis au trépas : couvre-moi d'un linceul !

Que ferais-je ici-bas, sevré de tout prestige?
Ceux que je chérissais, mon cœur les a perdus ;
Et j'ai vu l'ouragan déraciner la tige
     Où mes fruits étaient suspendus.

Et le regret amer qui lentement dévore,
Livide cauchemar, s'attache à moi partout :
Dans mon sein déchiré son fantôme est debout
Comme l'arbre de cendre aux plaines de Gomorrhe.

Plus rien à l'horizon de mon passé riant !
Plus rien des sylphes d'or qui berçaient ma jeunesse!
Ma couronne de jours s'effeuille, pièce à pièce,
     Comme un habit de mendiant.

Et les genoux ployés, le front bas, les mains jointes,
Je frappe en vain le ciel du cri de mes douleurs :
Le souvenir m'étreint dans un carcan de pointes,
Et le ciel insensible est muet à mes pleurs.

Et je n'aspire plus de mon désir avide
Cet arome d'espoir qui parfume nos jours :
Le doux espoir a fui !... mon ame reste vide,
Et je maudis le sort qui m'a trompé toujours.

Désormais plus de bras qui m'aide et me seconde ;
Plus de cœur qui tressaille à l'unisson du mien ;
Plus d'ami, plus de frère, oh ! plus rien dans ce monde,
Plus rien !!!...

Pourquoi chanter?

Μεσίμνας φόρμιγξ αἴρει.

POURQUOI CHANTER?

—

Que de fois j'ai serré mon front comme un maudit,
Et, seul, quand ici-bas tout dort, je me suis dit :
Pourquoi chanter ? le Ciel m'avait-il fait poëte ?
Ce feu qui me dévore et la chair et les os
N'est pas le feu sacré ; ma voix n'a point d'échos,
   Et le néant est dans ma tête.

Etre faible et chétif, pétri d'impur limon,

Qui suis-je, pour jeter à ce siècle sans nom,

La parole de fer qui tue ou qui réveille ?

Dans l'âge où nous marchons de dégoûts en dégoûts,

N'ai-je pas aussi, moi, traîné dans les égoûts

    Les dieux que j'adorais la veille ?

Quand le doute nous ronge et nous tue, est-ce à moi,

Athlète sans vigueur et pèlerin sans foi

Qui suis allé, dix ans, du doute à l'imposture,

D'analyser mon siècle engoué de faux dieux,

Ou de lui révéler en vers mélodieux

    Les mystères de la nature ?

Est-ce à moi, vieil enfant plongé dans la torpeur,

A qui l'avenir manque et le passé fait peur,

De peindre en traits de feu les merveilles des mondes,

Ou de prendre à deux mains le fouet de Juvénal,

Pour frapper jusqu'au sang l'égoïsme vénal

    Et souffleter nos dieux immondes !

Oui, je l'aurais voulu, frère ! mais pour chanter

Le poète a besoin de croire et de lutter,

De tordre, plis à plis, les feuillets de son ame ;

Puis de se retremper à de fraîches amours,

Et de laisser ouvrir les roses de ses jours

      Aux tièdes baisers de la femme !

Eh ! quel ange aux yeux bleus, au sourire vermeil,

Une fois dans ma vie a bercé mon sommeil

Avec des sons plus doux que le soupir des vagues ?

Quelle amie a jamais essuyé ma douleur

Avec un de ces mots qui chassent le malheur

      Comme le jour tous les bruits vagues ?

Sous des palmiers touffus la brise d'Orient

A-t-elle rafraîchi mon visage riant ?

Devant moi le simoun a-t-il fouetté les sables ?

La mer, la grande mer, hurlant comme un tocsin,

A-t-elle sous mes pieds entr'ouvert de son sein

      Les abîmes intarissables ?

Ai-je vu le lion que bâillonnent les rois,

Échevelé, bondir au signal des beffrois :

Hier, broyant du pied le sceptre et la couronne ;

Aujourd'hui, morne et las de ses maîtres nouveaux ;

Et peut-être, demain, couronnant ses travaux

    Par un enfant sur un vieux trône ?

Devant le scepticisme, aux portes du saint lieu,

A la face de tous, ai-je confessé Dieu

Ou prêché de la croix la sublime folie ?

Ai-je béni la main qui me versa le fiel,

Et crié dans le temple, en regardant le ciel :

    — « Frappez, Seigneur ! je m'humilie ? » —

Non, frère ! et, tu le sais, la poésie est là.

Elle est dans les tableaux des cieux que Dieu peupla,

Dans les brises du soir, dans les cris de la houle,

Sous les yeux d'une vierge au regard velouté,

Et dans les mille voix d'un peuple révolté,

    Sapant le trône qui s'écroule.

Oui ! oui, c'est dans la foi, la nature et l'amour,

—Trois grands livres ouverts à tous, et chaque jour,—

Que vont se retremper les sublimes génies :

Et l'ame du poëte est le miroir géant,

Où vient se refléter, comme dans l'Océan,

    Le monde avec ses harmonies !

Mais, moi, qui suis-je ? Dieu vouait, en me créant,

Un atôme de plus aux gouffres du néant....

A quoi bon, sous mes doigts, une lyre qui vibre ?

Esclave, il en est temps encor, brisons mes fers !

Va, mon nom ici-bas, mes hymnes, mes concerts,

    N'éveilleraient pas une fibre.

Pourtant mes rêves purs, fantasques visions,

Jeune, au loin me montraient, paré d'illusions,

Un avenir de gloire aux rayons poétiques ;

Et comme entre la vie et la mort, suspendu,

Souvent j'ai dans mes nuits suaves entendu

    Frémir de célestes cantiques.

Oui, frère ! il me souvient qu'un ange bien-aimé,

Au son des harpes d'or, sous un ciel embaumé,

M'emportait dans ses bras, m'enivrait d'harmonie ;

Et j'unissais ma voix à ses divins accords,

Et je criais, saisi d'ineffables transports :

    — « Mon Dieu ! donnez-moi le génie. » —

Misère et désespoir, il ne l'a pas voulu !

Je vais, astre inutile à l'oubli dévolu,

Comme une bulle d'air tournoyant dans l'espace ;

Et les brillants reflets qui me dorent parfois

Ne luisent qu'un instant sur mes frêles parois,

    Le moindre souffle les efface !

Scilla autumnalis.

L'automne peuple l'air et les bois de fantômes.

FABLIAU.

SCILLA AUTUMNALIS.

—

Adieu ma couche humide et sombre !
Il m'a souri l'astre vermeil
Dont les rayons, perçant ton ombre,
Me visitaient dans mon sommeil.
Je brillerai sur la pelouse
Avant que l'automne jalouse
Ait fané l'herbe du vallon,
Avant que la forêt prochaine
Entende la feuille du chêne
Tourbillonner sous l'aquilon.

Je verrai la Bryone aux Erables des haies
Suspendre les rameaux où mûrissent ses baies ;
Le Cytise étaler ses capitules d'or,
Et la blonde Elichryse, au chatoyant corymbe,
En fleurons tubulés épanouir son limbe
    Qui sur les monts rayonne encor.

Assise sur mes pédicelles,
Je verrai dans les bois de pins,
Luire comme des étincelles
La chevelure des Orpins ;
La Clématite, écharpe blanche,
Sur le buisson qui flotte et penche
Courir en festons onduleux ;
Et près de moi, sous les Yeuses,
S'épandre en touffes gracieuses
La Véronique aux épis bleus.

Oh ! comme je craignais d'éclore aux jours livides

Où dans les sillons nus, dans les ruisseaux avides

Les nuages du ciel descendent par torrents ;

Où de sombres typhons décharnent les montagnes

Et bien loin dans les prés, bien loin dans les campagnes,

    Déchaînent les fleuves errants.

On dit qu'alors par les bois chauves

Errent des spectres inconnus,

Des nécromants aux regards fauves,

Et des sorcières, les seins nus :

Dans leurs mains sèches et plombées,

Brillent les serpes recourbées

Ou la bèche du fossoyeur ;

Et de leurs bouches discordantes

Tombent les syllabes stridentes

D'un chant qui glace de frayeur.

Ils viennent, quand des nuits siffle la bise aiguë,

Cueillir l'Hièble infect et la noire Ciguë,

Le Colchique maudit, l'Euphorbe au suc brûlant,

La Verveine promise à tous les sortilèges,

Et le Gui vénéré que leurs mains sacrilèges

    Brûlent dans un crâne sanglant.

Et l'on entend dans les clairières,

    Sous des pieds noirs, sous des pas lourds,

Crier la tige des bruyères,

    Et l'Hypne aux feuilles de velours.

Sur la colline ténébreuse

Comme une flamme sulfureuse

    Des yeux luisent dans les massifs,

Et les esprits d'un autre monde

Dansent leur infernale ronde

    Avec des rires convulsifs.

Mon Dieu! si dans leur course un d'eux m'avait foulée,

Si quelque nain jaloux traversant la vallée

Avait froissé ma tige entre ses doigts osseux ;

Ou murmurant sur moi de sinistres paroles,

Déraciné ma bulbe et jeté mes corolles

    Dans le sang d'un crapaud hideux !...

    Mais Flore a protégé la Scille :

    Flore m'a fait des soleils purs

    Comme aux jours où sous la faucille

    Tomba le chaume des blés mûrs.

    Flore a dit à l'aube naissante :

    Lève-toi plus éblouissante

    Sur les coteaux énorgueillis,

    La fleur que tu dois voir éclore

    Est le premier adieu de Flore

    Et la dernière sœur des Lis.

Et sous un ciel aimé que nulle ombre ne voile,

Six lobes violets découpés en étoile

Échelonnent l'épi qui scintille à mon front,

Et dans un lit moiré de teintes purpurines

Se réveillent déjà les tièdes étamines

 Dont les baisers m'enivreront.

Oui, mes pétales bleus et roses,

Brillez ! voici l'heure d'hymen

Où sur les fleurs à peine écloses

L'anthère verse le pollen.

Fécondez-vous, blondes capsules ;

Pour vos fragiles pédoncules

Les cieux auront moins de péril

Qu'aux jours où, toutes linéaires,

Vos feuilles vinrent, solitaires,

Gazonner les sillons d'avril.

Brillez ! tandis qu'au fond des Alpes nuageuses
Sommeillent les autans et les bises neigeuses !
Au mois triste où jaunit le Cirse du chemin
L'heure n'est pas semblable à celle qui doit suivre :
Et souvent le bonheur dont un jour nous enivre
    Expire avant le lendemain.

Le Gui.

Entre nos ennemis
Les plus à craindre sont souvent les plus petits
LAFONTAINE.

LE GUI.

—

I.

VINGOLF.

Déesses de Vingolf, chantez! les rois du glaive
Dans l'abîme éternel ont enchaîné Fenris;
Et sous les océans, de sa chûte surpris,
Le serpent de Midgard mord les flots qu'il soulève.
La Valkyrie aux dieux, vos époux indomptés,
    Dans le crâne sanglant des braves
A versé l'hydromel en écumantes laves :
    Déesses de Vingolf, chantez !

Déesses de Vingolf, chantez ! dans les neuf mondes
Surtur est exposé sur la roche de feu ;
Et l'impure Héla de son corps rose et bleu
Dans le sombre Niflein traîne les plis immondes.
Lock a vu ses projets, par la ruse enfantés,
    Tomber devant les rois du glaive.
L'étoile de Balder à l'Orient se lève,
    Déesses de Vingolf, chantez !

Déesses de Vingolf, chantez ! les fils de Bore
Sous le frêne Ydrazil se couronnent de fleurs ;
Heimdall veille pour vous au pont des sept couleurs,
Et le monde renaît plus beau qu'à son aurore.
Idunal, que le suc de tes fruits enchantés
    Rajeunisse les rois du glaive.
L'étoile de Balder à l'Orient se lève,
    Déesses de Vingolf, chantez !

Friggis a dit : l'Upsal dans sa voûte infinie

Semble rouler au loin des vagues d'harmonie.

Géfione la chaste, Egra dont l'art puissant

Ranime la vigueur du guerrier languissant,

Sinaïs aux combats du champ-clos vénérée,

Vara qui des serments tient la coupe sacrée,

La fée aux larmes d'or, Vanadis, Idunal,

Chantent les dieux du bien vainqueurs des dieux du mal.

L'hymne, sur une mer de parfums balancée,

De la plaine d'Ida monte vers Odinsée,

Et l'œil bleu de Friggis comme un rayon de miel

Verse la poésie aux prêtresses du ciel !

L'épouse de Balder, Hanna seule est absente.

Mais quel spectre a touché sa harpe frémissante ?

Sans qu'une main visible ait paru l'effleurer,

Entendez-vous dans l'air ses cordes soupirer ?

L'hymne cesse, et trois fois la harpe détendue

Jette un accord plaintif mourant dans l'étendue.

Friggis a tressailli : c'est l'appel de Héla !!

Tout-à-coup, des palais riants du Vahalla,

Comme un oiseau blessé par la flèche qu'il traine,

Descend, pâle, à Vingolf Hanna la jeune reine ;

Et de Friggis qui l'aime embrassant les genoux :
Mère du dieu Balder, dit-elle, sauve-nous !
Un songe, un songe affreux dont l'image m'oppresse
D'une terreur secrète accable ma tendresse.
Cette nuit, dans ma tente, un fantôme hagard
Au sein de mon époux a plongé le poignard ;
Et lui, ton fils aimé, lui dont la voix suprême
Commande aux éléments, à la mort elle-même,
Lui qui cent fois de Thor affronta le courroux,
Comme un faible mortel est tombé sous ses coups.

Elle a dit : sa mère frissonne,
Et de Vingolf qu'elle abandonne
Franchissant l'air moelleux et pur,
Deux aigles, à travers l'espace,
Comme un météore qui passe
L'emportent sur un char d'azur.

II.

INVOCATION.

Sur les flancs calcinés du mont Hécla qui fume
Les quatre vents du ciel rampent comme la brume ;
Les forêts ont tremblé comme un champ de roseaux,
Et l'océan muet retient ses grandes eaux.
Quelle voix donc ainsi, de l'un à l'autre pôle,
De la terre inquiète ébranle la coupole ?
Qui dicte aux éléments surpris ses volontés ?
C'est Friggis la déesse, leur reine ; écoutez !

Astre aux mobiles paysages,

Terre ! vaisseau mélodieux

Qui flottes snr la mer des âges

Où te suspend le Roi des dieux,

Par le soleil qui te couronne,

Par l'amour dont je t'environne,

Par le nom sacré d'Alfader,

Jure que tes rochers, tes arbres,

Tes poisons, tes métaux, tes marbres,

Épargneront le dieu Balder.

Jurez aussi, vagues profondes,

Mers qui loin des palais d'Asgard

Sous vos impénétrables ondes

Cachez le serpent de Midgard ;

Fleuve, ruisseau, torrent, fontaine,

Par Skada votre souveraine,

Par la conque de Niorder,

Jurez-moi que sous votre empire

Tout ce qui se meut et respire

Épargnera le dieu Balder.

Fier aquilon, noire tempête,
Autan, qui nivelles au sol
Le chêne orgueilleux dont la tête
Semblait vouloir braver ton vol,
Tiède zéphir, brise amoureuse,
Vous que sur la pelouse heureuse
Frey guide après les jours d'hiver,
Conjurez-vous dans la mêlée
Pour écarter la flèche ailée
Qui pourrait menacer Balder.

Et vous dont le souffle dévore,
Vous qui sur les rouges sillons
Devez à la dernière aurore
Descendre en brûlants tourbillons,
Feux éternels des sombres rives,
Flammes aux langues corrosives,
Foudres qui déchirez l'Ether,
Par la chaîne où Surtur expie
Les crimes de sa rage impie,
Jurez-moi d'épargner Balder.

Et malheur , atomes du monde !

Malheur ! si, rebelle à Friggis,

L'air ou le feu, la terre ou l'onde

Osent s'attaquer à mon fils !!

Oui ! malheur à vous que j'implore,

Si, par les temps qui vont éclore,

Le prince rusé de l'enfer

Trouve dans vos flancs sacrilèges

Des armes ou des sortilèges

Contre mon fils, le dieu Balder !

Aux éclats de sa voix puissante

Les éléments épouvantés,

Courbent leur tête obéissante,

Tremblants devant ses volontés.

Séduits par d'invincibles charmes,

Tous jurent d'émousser leurs armes.

Alors s'ouvrant les champs de l'air

Friggis, heureuse d'être mère,

Va calmer la douleur amère

D'Hanna, l'épouse de Balder

III.

LE VAHALLA.

L'aube éclaire d'Asgard les tortueuses salles.

Du fort aérien les portes colossales

Ébranlant à la fois leurs gonds mélodieux,

Au chant du Fialar ont éveillé les dieux.

Tous pour les jeux sanglants dont les fureurs les charment,

Dans leurs tentes d'azur se sont levés, ils s'arment;

Et d'un bond que jamais rien d'humain n'égala

Franchissent en riant le seuil du Vahalla.

La bataille gronde :

L'enfer et les cieux

Font crier le monde

Sur ses lourds essieux.

Les coursiers frissonnent

Les glaives moissonnent,

Les casques résonnent

Sous les haches d'or,

Et vers la mêlée

La Mort appelée

Presse, échevelée,

Son horrible essor !

Héla, triomphante,

Voit le sang des Dieux

En pluie étouffante

Ruisseler des cieux :

Dans sa folle joie,

Elle mord et broie

L'éphémère proie
Que lui jette Odin ;
Mais trompant sa rage,
Les chairs qu'elle outrage,
Immortel ouvrage,
Renaissent soudain.

Les rangs se confondent ;
Et, plus affamés,
Les poignards répondent
Aux pieux enflammés.
Semblable à la houle
Qui monte et s'écroule,
La bataille roule
Ses flots dévorants ;
Et comme l'écume
D'un lac de bitume,
L'air épaissi fume
Autour des mourants.

Mais en vain sur Balder les glaives retentissent :

L'acier vole en éclats, les javelots mollissent,

Et les dards égarés dans l'air étincelant

Vers leurs maîtres surpris reviennent en sifflant.

Alors s'élance Odin ! belliqueuses furies,

Volent devant ses pas les douze Valkyries :

Le ciel tremble, le feu jaillit des boucliers...

Tout-à-coup traversant les bataillons guerriers,

Messagère de paix et juge de la lice,

Sinaïs de Vingolf arrête la milice.

Dans les airs qu'à grands flots le sang vient de rougir

Les sept voix de la guerre ont cessé de rugir.

Mais Lock a vu Balder, triomphant sans combattre,

Seul, résister aux dieux conjurés pour l'abattre.

Il soupçonne, il observe, et son regard ardent

Commente de Friggis le sourire imprudent :

Oh ! ta force, dit-il, vient d'un charme, peut-être,

Balder ! malheur à toi, si mon œil le pénètre !

Ce magique secret ma ruse l'apprendra,

Et voyons qui de nous, alors, l'emportera.

IV.

LA RUSE.

Reine des airs que tu fécondes,
Puissante et divine Friggis,
Mère des dieux aux tresses blondes,
Comme il est beau, ton second fils !

L'astre que l'aube matinale
Voit le premier au front d'Asgard
A moins de grace virginale
Et moins d'éclat que son regard.

Les neiges que par avalanches
Sur les monts bleus sème l'hiver,
Et les fleurs du Lis sont moins blanches
Que les sourcils du dieu Balder!

Son corps est plus droit que les saules
Des lacs où se baigne Nior,
Et ses cheveux sur ses épaules
Flottent comme un nuage d'or.

Oh! comme tu dois être fière!...
Mais dis, ne crains-tu pas qu'un jour
Héla de sa faux meutrière
Ne le ravisse à ton amour?

Lock ne peut-il rompre le charme
Qui semble protéger ses pas
Lorsque ton fils, seul et sans arme,
Au ciel affronte le trépas ?

Songe à quelle douleur amère
Sa mort... Ah! pardonne, Friggis ;
Mais moi qui ne suis pas sa mère,
Vois-tu, je tremble pour ton fils !

Sous les traits bien-aimés de Volla, sa prêtresse,
Ainsi parle à Friggis Lock, prince de l'adresse ;
Et l'épouse d'Odin, que le fourbe séduit,
Du secret maternel en souriant l'instruit.
—« L'eau, la terre, le feu, le vent, grâce à mes charmes,
Contre mon fils, dit-elle, aujourd'hui n'ont plus d'armes.
Dans l'univers entier Lock et tous ses efforts
Ne sauraient lui trouver d'ennemis assez forts,
Car j'ai tout supplié, tout ! excepté l'arbuste
Que tu vois aux rameaux de ce chêne robuste.

Penses-tu que jamais ce frêle végétal

Au fils de mon amour puisse être bien fatal ?

A peine sur le tronc de l'arbre qu'il domine

Voyons-nous s'implanter sa débile racine :

C'est le Gui ! parasite aux chênes imposé,

Et si faible, Volla, que je l'ai méprisé !

Va, fille d'un mortel ; va, ma bonne prêtresse,

N'alarme plus ainsi ta pieuse tendresse :

Quel que soit des enfers le dessein criminel,

Comme son père Odin, mon fils est éternel. » —

V.

VISCUM ALBUM.

Les Hypnes dans les bois chauves et taciturnes
Soulevaient, pour mûrir, la coiffe de leurs urnes,
Et sur les frimats blancs rampaient en gazons verts :
Les prés étaient sans fleurs, les ondes sans murmures,
Et le chêne entendait crier dans ses ramures
    La voix stridente des hivers.

L'aigle affamé d'Erin, les corbeaux fatidiques,
Hôtes silencieux des forêts druïdiques,
Comme des spectres noirs volaient sur les dolmins
Et par l'aile du nord les feuilles tourmentées,
De leur berceau natal vers la plaine emportées,
Avaient jonché tous les chemins.

Seul, aux reflets nacrés des neiges chatoyantes,
Vigoureux, s'asseyait en touffes verdoyantes
Sur les branches du chêne un arbuste inconnu ;
Et comme apportés là par la main des fantômes,
L'un dans l'autre enlacés, ses rameaux dichotômes
Du vieil arbre géant dominaient le front nu.

Ses feuilles, aux cents nœuds de leurs tiges diffuses
S'opposaient, s'allongeaient planes, dures, obtuses,
Épaisses au toucher, entières sur les bords ;
Et ses fleurs en bouquet, naissant toutes sessiles,
Ouvraient leur sein jaunâtre aux autans indociles
Dont elles bravaient les efforts.

On eût dit, à le voir au milieu des orages,

Seul, redressant encore un front vierge d'outrages,

Qu'une sève de fer circulait dans ses flancs ;

Ou que de la forêt, triste et sombre génie,

Pour hymne à ses amours il fallait l'agonie

De tous les végétaux sous les neiges croulants.

Mais du lit nuptial fuyant la molle étreinte

Chez lui l'épouse altière en dédaignait l'enceinte.

Loin de ses quatre époux, sur une tige à part,

De son frêle calice à peine couronnée,

Ses lèvres n'attendaient les baisers d'hyménée

    Que de la bise ou du hasard.

Sessiles, au milieu de chacun des pétales,

Les anthères plus loin s'entrouvraient aux rafales

Des brumeux aquilons et des sombres autans ;

Et l'ovaire qu'ainsi fécondait l'avalanche,

Cherchait à s'arrondir en perle rose ou blanche

Comme ces fruits juteux que mûrit le printemps.

Lock reconnaît le Gui! Déjà sa main brutale
A saisi les rameaux de la plante fatale :
Un effort... et soudain l'arbuste est abattu !
Tout-à-coup il se trouble, il hésite, immobile,
Ce végétal lui semble une arme si débile
    Qu'il va douter de sa vertu.

Alors pour lui souffler et sa haine et sa force,
De ce nain parasite il entr'ouvre l'écorce,
Infecte ses canaux des poisons du Niflein,
Raffermit ses tissus, diamante ses fibres,
Et devant ses rameaux qu'il laisse flotter, libres,
    Il révèle ainsi son dessein :

    O toi dont la féconde tige
A dédaigné du sol l'humiliant berceau,
Toi dont le front plus vert, quand la neige voltige
    Scintille d'un éclat nouveau,

Roi des forêts mystérieuses,

Arbuste qui pour trône a sous le firmament

Des chênes les plus hauts les cîmes glorieuses,

Et l'air du ciel pour aliment !

Une femme, une reine altière,

Maîtresse par son art des éléments surpris,

T'ose insulter aux yeux de la nature entière

En t'accablant de ses mépris :

Ainsi lorsque, pâle et tremblante,

Pour le fils qu'elle adore elle a tout supplié,

Les accents dédaigneux de sa voix insolente

Naguère t'ont seul oublié.

Oh ! mais, tu l'ignorais sans doute ?

Viens! suis-moi; dans ses pleurs cours laver ton affront:

Atteignons de Vingolf l'harmonieuse voûte,

Et ses douleurs nous vengeront !

Viens dans le sang du fils qu'elle aime,

Dans le sang de ce dieu si vain de sa beauté,

Aux champs du Vahalla purifier toi-même

L'outrage de ta royauté.

Et tu seras un dieu visible !

Le dieu qu'invoqueront les guerriers de Lochlin !

Et l'heureux talisman que la vierge paisible

Pressera la nuit sur son sein !

Le jour ou l'an se renouvelle,

Tes sublimes rameaux que nul fer n'émonda

Tomberont aux accords d'une hymne solennelle

Sous la serpe des Velléda.

Oui ! par le sang fonde ton culte :

Apprends au fils d'Odin comment tu sais punir ;

Et mérite, en vengeant tes rameaux d'une insulte,

L'hommage des temps à venir !

Il dit : l'arbre agitant ses touffes vigoureuses

Semble galvanisé de secousses fiévreuses,

Avoir soif de combats et défier Balder :

Il se penche vers Lock, sous son effort s'incline,

Et du chêne ébranlé détachant sa racine,

    Il suit le prince de l'enfer.

VI.

HŒDER.

Lock a rejoint les dieux. L'Olympe scandinave,
Comme un vaste cratère où bouillonne la lave,
Vomit ses bataillons dont le flot qui s'abat
En immense duel va changer le combat.
Alors tout ce qui naît dans l'arène guerrière
Se change aux mains des dieux en arme meurtrière :

Heimdall, fils des neuf Sœurs, trois fois, du haut des airs,

Amasse et fait pleuvoir un déluge d'éclairs ;

Thor des cieux qu'il ébranle arrache une comète ;

Nior des grandes eaux soulève la tempête ;

Et sous les pas de Frey, les aquilons rivaux

Roulent des monts de neige et des mers de cristaux.

Mais ces divins guerriers, qui d'exploits rivalisent,

Contre l'heureux Balder en vain se coalisent ;

Calme et toujours debout, le second fils d'Odin

N'oppose à leurs assauts qu'un souris de dédain.

Son regard a brisé les armes les plus fortes :

Il triomphe ! et déjà les suprêmes cohortes,

Lasses de tant d'efforts renaissants et trahis,

Semblent implorer l'heure où viendra Sinaïs.

Hœder seul, loin du choc, écoutait en silence

Les aigres sifflements du glaive et de la lance.

L'avenir est pour lui sans voiles, mais ses yeux

Ne s'ouvrirent jamais à la clarté des cieux.

Lock, déguisant sa voix, l'aborde : Roi des sages,

Lui dit-il, toi qui lis dans le chaos des âges,

Détourne ton esprit des feuillets incertains

Où les doigts du hasard écrivent nos destins !

Laisse une heure aujourd'hui sommeiller ta pensée ;

Suis-moi : viens essayer si, par ta main lancée,

Cette branche ne peut, en le visant au cœur,

De ces héros vaincus terrasser le vainqueur.

Seul tu n'as point encore osé voir si tes armes

Pouvaient frapper ce Dieu que protègent des charmes :

Que savons-nous ? peut-être est-ce à toi qu'Alfader

A réservé l'honneur d'humilier Balder.

Prends cet arbre cueilli dans la forêt prochaine :

Il est faible, et pourtant il dévore le chêne !

Mais l'aveugle inspiré : — Fils des rois de Midgard,

Que me proposes-tu ? vois ces yeux sans regard,

Et ce bras qui jamais dans la mêlée ardente

N'a pu vous décocher qu'une flèche imprudente !..

Penses-tu qu'à Balder pour donner le trépas

Un aveugle vieillard.... — Je guiderai tes pas,

Et ce frêle rameau vainqueur des sortilèges,

Brisera de Friggis les charmes sacrilèges.

Allons !! — Lock au milieu des fers étincelants

De l'aveugle Hœder soutient les pas tremblants ;

Il s'avance, et des dieux excitant la risée,

Ranime pour lui seul la bataille apaisée.

Quand Friggis tout-à-coup voit scintiller le Gui :

— « Mon fils! mon fils, dit-elle…Odin, veille sur lui!

Mais Lock:—« Balder est là; frappe! frappe,te dis-je,

Hœder!.. » — il achevait, le Gui vole : ô prodige !

Celui qui tant de fois, entouré d'assaillants,

Fit mordre la poussière aux dieux les plus vaillants,

Par un vieillard aveugle, instrument de l'envie,

Sous un vil arbrisseau tombe et roule sans vie.

Lock pousse un cri de joie, et son rire odieux

Insulte, en les bravant, au silence des dieux.

— « Chaste et belle Friggis, dit-il, vois si tes larmes

« Pour ce fils bien-aimé vaudront mieux que tes charmes:

« Puisque ceux-ci n'ont pu lui sauver cet affront,

« Peut-être celles-là le ressusciteront!… » —

Il a dit, loin d'Asgard que souille sa présence

D'un pas précipité le perfide s'élance.

Mais, hélas ! vainement la lyre de Braga

A ranimer Balder, trois jours se fatigua ;

Vainement son épouse et sa mère adorées

Arrosèrent de pleurs ses dépouilles sacrées ;

Depuis ce jour funeste et maudit désormais,
Balder au Vahalla ne reparut jamais.

Confessions.

—

A monsieur l'Abbé.....

Intus et in cute.

(PERSE.)

L'histoire de ma vie est celle de mon cœur,
C'est un pays étrange où je fus voyageur.

(ALFRED MUSSET.)

CONFESSIONS.

—

J'avais fait pacte avec l'orgie ;
Et dans ce chaos étouffant,
Sans Dieu, sans foi, sans énergie,
Je m'en allais comme un enfant.
Sourde aux conseils de la sagesse,
Mon insoucieuse jeunesse
Se brûlait à tous les flambeaux,
Comme la phalène imprudente
Qui va sur la bougie ardente
User ses ailes par lambeaux.

Que l'aube fut sombre ou limpide,
Le ciel orageux ou vermeil,
Mes sens, comme un fleuve stupide,
Allaient du plaisir au sommeil;
Et lorsqu'après nos saturnales
Mon front sur des lèvres vénales
Tombait par l'ivresse abattu,
Je me criais au fond de l'ame :
Si rien n'est pur, rien n'est infâme,
Et c'est un mot que la vertu !

Puis vint le dégoût... ce marasme
Qui vieillit le cœur, à vingt ans,
Glaça le peu d'enthousiasme
Prêt à redorer mon printemps.
Jeune vieillard, blasé novice,
A travers les sentiers du vice
J'errais comme un cheval sans mors ;
Et riant de tout par système,
J'osais demander à Dieu même
Ce que c'était que le remords.

C'est que pour flambeau dans la route

Où je marchais en étourdi,

Mon orgueil avait pris le doute

Sans avoir rien approfondi.

Aussi, comme les noirs abîmes,

Aux chants des vertus ou des crimes

Mon ame restait sans émoi ;

Et dans une apathie immonde,

Je suivais la houle du monde

Sans daigner même croire en moi.

II.

Oh ! vous ne savez pas, vous, ange de la terre !

Comme le plaisir use et la débauche attère !

De quel doute à vingt ans le cœur est infecté !

Comme l'âme se tord dans cette mer de soufre

Où nul phare ne vient, quand elle pleure et souffre,

    La consoler de sa clarté !

Non, vous ne savez pas comme un jour on expie

Les délirants écarts d'une jeunesse impie.

Ce qu'il en coûte, hélas! en revenant à soi,

Pour oser prier Dieu dans l'entr'acte d'un râle,

Et crier vers le ciel, d'une voix gutturale:

  Seigneur, ayez pitié de moi !

Il faut qu'auparavant dans vos mains tout se brise,

Que l'amitié vous trompe et l'amour vous méprise,

Qu'un fourbe vous accuse à propos de candeur;

Et que Trimalcion, de son trépied de boue,

Aille dire aux passants: Crachez-lui sur la joue!

  Il a forfait à la pudeur.

Mais voyez-vous, alors, c'est un accès de rage...

On prie en menaçant le ciel que l'on outrage,

Puis l'on dit au plaisir: Pourquoi m'as-tu trompé ?

Pourquoi loin du boisseau qui cachait la lumière,

Dans la voie où le monde a creusé son ornière,

  Si jeune encore, ai-je rampé?

Anathème sur l'heure où mon adolescence

Traîna dans les ruisseaux sa robe d'innocence !

L'orgueil était mon dieu, le plaisir fut ma loi :

Et maintenant un souffle a brisé mon idole ;

Et je n'ose plus dire à celui qui console :

Seigneur, ayez pitié de moi !

Si je pouvais... mais non ! la prière elle-même

Ressemble dans ma bouche aux éclats du blasphème.

Je voudrais croire à tout, et je n'ai plus de foi !

O vous qui la donnez, vous, qui m'avez fait naître,

Vous, que j'ai repoussé, dix ans, sans vous connaître,

Seigneur, ayez pitié de moi !

III.

Et dix ans je pliai la tête ;
Dix ans sur ce triste vallon
J'allai récoltant la tempête
Car j'avais semé l'aquilon.
Mon cœur d'émotions avide,
Nageait dans les déserts du vide
Sans oser croire ni douter ;
Et le poids de mes douleurs sourdes
Avait fait mes chaînes si lourdes
Que je suais à les porter

Mais est-ce à Dieu que mes pensées

Montaient pour lui crier pardon ?

Ou dans mes plaintes insensées

Pleurais-je sur mon abandon ?

Qui du remords ou de l'envie

Poussait et repoussait ma vie

De la prière au désespoir ?

Dans quelle eau trouble ou quelle eau vive

Voulais-je donc, pâle convive,

Tremper mes lèvres jusqu'au soir ?

Eh ! le savais-je, hélas ! moi-même?

Savais-je à qui sacrifier ?

Savais-je, ô mon Dieu ! quel baptême

Devait me repurifier ?

Mes jours étaient des agonies ;

Et dans mes noires insomnies

Si vos clartés daignaient s'offrir,

Ma lourde et rêveuse paupière

Tombait comme un linceul de pierre

Sur mes yeux prêts à s'entre ouvrir.

Oh ! laissez faire au scepticisme !

Longtemps avec impunité,

Il pourra bien sous un sophisme

Se déguiser la vérité,

Mais quand vient l'heure d'épouvante

Où par l'iniquité vivante

Dieu s'est lassé d'être incompris,

Il la surprend, ivre de joie,

Et la jette comme une proie

Aux vers qu'elle-même a nourris.

IV.

Et c'est ainsi que Dieu me surprit dans l'ivresse.

C'est ainsi que dix ans d'ineffable détresse

En luttes sans espoir usèrent ma vigueur.

Las enfin de combattre et de marcher dans l'ombre,

J'allais sur un écueil de cet abîme sombre

    Tomber, épuisé de langueur,

Mais alors je ne sais quelle voix inconnue

M'a crié : marche ! l'heure est peut-être venue ;

Marche ! encore un effort, Dieu se révélera.

Jusqu'ici tu n'as vu qu'à travers l'imposture,

Ose voir par tes yeux et lis dans la nature :

    Lis, et la lumière sera !

Et je me suis levé pour la dernière lutte :

Mais si faible, ô mon Dieu ! si meurtri de ma chute

Qu'un souffle à chaque instant fait vaciller mes pas.

Le front pâle, l'œil fixe, et le regard atone,

Je vois passer mes jours comme un long soir d'automne

    Où le soleil ne brille pas.

Seulement quand vient l'aube où dans nos prés humides

Les Narcisses joyeux déplissent leurs chlamydes,

Que le front du souci recommence à jaunir,

Et que la véronique entr'ouvre ses pétales,

Comme une de ces fleurs de nos rives natales

    Mon ame semble rajeunir.

Des fleurs ! dis-je, des fleurs ! oh ! sous les pas de Flor
Laissez-moi dans nos champs les voir toutes éclore,
Vivre de leurs parfums, aimer de leurs amours ;
Leur vue est le seul bien qui plaise à mes souffrances,
Le seul qui n'ait jamais trahi mes espérances,
    Le seul en qui j'ai foi toujours.

Leur hymen est si pur, leur beauté si touchante,
Qu'il me semble prier alors que je les chante,
Qu'en les étudiant je crois avoir la foi.
Oh ! si je me trompais, si jouet d'un vain songe
Je m'égarais encor dans la nuit du mensonge,
    Vous qui priez, priez pour moi !

Lassitude.

Qu'ai-je à faire d'un luth, quand l'oubli me réclame?
A l'unisson du mien nul autre cœur ne bat :
Brisons, brisons la corde où soupirait mon ame ;
Sans avoir combattu désertons le combat.

Quatre ans, de mes pensers il fut l'écho fidèle.
Quatre ans, je convoitai l'éclat d'un vain renom :
Mais l'ange de l'espoir s'est voilé de son aile,
Et j'ai dit en mon cœur : la gloire n'est qu'un nom!

Qu'à mon passé bruyant succède le mystère ;
Sous nos tentes d'un jour nous passons comme un flot.
J'ai connu le néant des plaisirs de la terre :
Hélas! chaque sourire est payé d'un sanglot.

Et l'homme implore en vain le destin qui l'éprouve,
Il lui demande en vain ses rêves d'autrefois...
Le destin a pour lui des entrailles de louve.
Ce monde est un calvaire où chacun a sa croix.

Aussi j'ai dans mon sein refoulé mon attente :
Dieu n'a pas pour moi seul filé des jours choisis.
Avant que le simoun déracine ma tente
Cherchons pour m'abriter l'ombre d'une Oasis.

Qu'irais-je faire encor dans la bruyante enceinte
Où s'agitent, sans fruit, tant de nains tracassiers ?
La palme du triomphe est un rameau d'absynthe :
Jules, de notre char détachons les coursiers !

Briguons, loin des partis, une gloire meilleure :
L'art du savant de Cos est fertile en secours ;
Il soulage souvent l'infortuné qui pleure,
Le guérit quelquefois, le console toujours.

Eh bien ! qu'entre nos mains il guérisse et console !
Visitons le malade et le nécessiteux :
Donnons à l'un nos soins, à l'autre notre obole ;
Soyons l'œil de l'aveugle et le pied du boiteux.

Est-il de mission plus noble et plus sacrée?
Abeilles d'ici-bas, répandons notre miel ;
Que notre vie entière à tous soit consacrée :
L'aumône est un fleuron des couronnes du ciel.

Honte, à qui n'a jamais cicatrisé de plaie !
Honte, à qui rit de voir son frère dépouillé !
Dieu le rejettera comme un lambeau de saie,
Ou comme un vêtement qu'un lépreux a souillé.

Mais gloire, à qui se voue aux maux de son semblable!
Gloire à qui sans faillir marche dans ce chemin ;
Gloire à qui tend au pauvre une main secourable,
Chaque fois que vers lui le pauvre tend la main !

Dieu lui prodiguera les trésors de son baume ;
Il vivra parmi nous comme un ange exilé ;
Et lui qui consolait au terrestre royaume,
Au jour du jugement se verra consolé.

NOTES.

NOTES.

—

LES DUNES.

Non, tu n'es pas le dieu de Pline et de Lucrèce,
Ni le problème abstrait qu'aux sages de la Grèce
    Un triangle prouva !

Le dieu de Pline est un automate incréé, éternel, soumis à
des lois fixes et invariables : d'abord Pline l'appelle le monde
ou le ciel. Plus loin, il n'est pas éloigné de croire que le soleil
ou ame du monde, c'est Dieu. — « S'il en est un autre, dit-il,
rechercher sa figure et sa forme n'est qu'une preuve de l'im-
bécillité humaine. Dieu, quel qu'il soit, et en quelque lieu qu'il
soit, est tout sens, tout oreilles, tout yeux, toute vie, tout ame.
Mais c'est une folie risible de croire qu'il se mêle de nos affai-
res. » — Puis, il conclut que Dieu est évidemment la puissance
de la nature.

Le philosophe naturaliste, comme on le voit, n'avait guére médité le sujet qu'il aborde ; et, quelle que soit son éloquence, il se perd dans cet aride matérialisme.

(V. PLINE, Hist. nat., cap. i-vi.)

Lucrèce, qui passe pour athée dans l'esprit des gens qui l'ont lu par ouï-dire ; Lucrèce, le plus moral et le plus sainement philosophe des poëtes de l'antiquité, semble croire dans son admirable invocation à Vénus, que l'amour est le dieu de la nature : non pas l'amour stupide et grossier des sens contre lequel il s'élève dans son beau poème, mais l'amour ou l'attraction éternelle, incréée, infinie des atomes les uns pour les autres. C'est très-bien. Mais notre ame, selon lui, étant un composé d'atomes, il s'en suit que par leur dispersion, après la mort, elle perd la conscience de son individualité. Autant vaut le néant que l'oubli ! du reste, comme Pline, Lucrèce nie les dieux du paganisme, ou s'il les admet, voici le rang et l'emploi qu'il leur assigne :

Omnis enim per se divum natura necesse est
Immortali ævo summa cum pace fruatur,
Semota ab nostris rebus, sejunctaque longe ;
Nam privata dolore omni, privata periclis,
Ipsa suis pollens viribus, nil indiga nostri,
Nec bene pro meritis capitur, nec tangitur ira.

Nous allons essayer de traduire :

Dans le ravissement d'une paix éternelle,
Les dieux vivent leurs jours de la vie immortelle :
Et loin, bien loin de nous, sans besoins, sans desirs,
Étrangers à nos mœurs ainsi qu'à nos plaisirs,

Trouvant tout dans leur sein, leur impassible essence
Reste sourde au mortel qui l'insulte ou l'encense.

> (LUCRÈCE, De rerum natura. Cant. 1.)

Platon se fait une idée de la nature divine et immortelle au moyen d'un triangle équilatéral. Il explique par un isocèle les dieux ou démons qui ont les passions humaines et la nature divine; il représente par un triangle à trois côtés inégaux la nature humaine et mortelle. Ces démonstrations géométriques sont tout aussi consolantes que le matérialisme de Pline.

> (PLUTARQUE, de la cessation des oracles.)

—

LES ROUTIERS.

Paix à Dieu, guerre à tout le monde !

Cette devise était à peu près tout le code moral, religieux et politique des compagnies franches qui, sous le nom de Routiers, Tuschins, Bretons, Malandrins, Tard-venus, ravagèrent la France au 14ᵐᵉ siècle.

Ces vautours affamés s'abattaient comme l'ouragan, sur les châteaux, les villes, les bourgs, les Églises, les monastères, pillaient, violaient, saccageaient, massacraient, incendiaient, et appelaient ces façons d'agir : *prendre loyalement son bien avec la recommandation de la sainte Vierge*. La débauche la plus effrénée régnait dans leurs camps. Ils chantaient, dit Tristan le voyageur, des chansons grivoises avec une voix si rauque que mieux eût valu entendre limer des éperons que de les ouïr ainsi chanter.

Sous Charles V, Duguesclin délivra la France de ces bandits et les conduisit en Espagne au secours de Henri de Transtamare. Comme on le pense bien, les Routiers ne l'avaient suivi que dans la ferme résolution de faire subir à l'Espagne la loyauté dont ils avaient usé envers la France. Le Connétable connaissait les pèlerins : il avait été chef de route dans sa jeunesse ; aussi, pour les contenir, fut-il obligé de rançonner le pape d'Avignon. Sa Sainteté crut pouvoir s'en tirer au moyen d'une absolution générale pour tous les péchés qu'avaient commis ou que pouvaient commettre encore les compagnies franches ; mais ces fils de Bélial, comme les appelle le continuateur de Nangis, étaient cuirassés à l'endroit du remords. Duguesclin reçut l'absolution, mais il exigea impérieusement que Sa Sainteté payât de ses propres deniers la contribution dont il avait frappé la ville papale. Force fut au Saint-Père de s'exécuter. Après quoi les Routiers bénis, absous et payés, allèrent se faire tuer presque tous à la bataille de Navarette.

(FROISSART, HENRI MARTIN, etc.)

SCILLA BIFOLIA.

Nous n'avons pas la folle prétention d'avoir écrit une Flore en vers: ce rude travail est au dessus de nos forces. Dailleurs nous avons souvent oublié de consulter nos livres botaniques pour aller aspirer les ravissantes émanations des fleurs dans les campagnes. Aussi, nos explications techniques pouvant être entachés de quelques vices de forme, nous renvoyons le lecteur, pour l'intelligence des mots qui l'embarrassent, aux dictionnaires d'histoire naturelle modernes, et aux descriptions raisonnées des Flores consciencieuses. Mais nous les prévenons que la synonymie taxonomique est affligée d'une déplorable abondance: la fabuleuse mémoire de Mithridate n'y suffirait pas, grace aux mycroscopiques corrections d'une foule d'Argus, qui finiront par faire du langage botanique une véritable tour de Babel.

La Scille Bifoliée est une jolie petite liliacée dont les fleurs bleues, disposées en grappes, s'ouvrent même sous la neige, en mars et avril. Elle est commune par toute la France le long des haies, au bord des bois, et sur les coteaux exposés au soleil.

(Voyez la *Flore française* de DECANDOLLE et LAMARK.)

Tous les végétaux nommés dans les trois premières strophes fleurissent aux mêmes lieux et aux mêmes époques que la Scille Bifoliée.

LE CYCLAME.

Ce fragment de lettre servira de note explicative au Cyclame.

« ...... C'était bien le mieux fleuri, le plus élégant, le plus beau de tous les Cyclames des Indes qui jamais aient épanoui dans la serre d'un pépiniériste. Malgré mon peu d'inclination pour Madame Flore, j'aimai ce végétal exotique, *beaucoup* par amitié pour toi, et un *peu* pour lui. Figure-toi des feuilles mignonnes comme des cœurs, d'un vert marbré par dessus et purpurines en dessous ; des fleurs roses et blanches, portées sur de longs tirebouchons rouges et semblables à des mitres épiscopales. Je me pris, décidément, de belle passion pour lui ; je l'achetai, sans marchander, et sans prévoir, hélas ! que mon affection allait bientôt lui être funeste. Je l'enfermai dans la petite chambre où tu sais que je m'occupe du *grand œuvre*. Pendant la nuit, j'ignore quel accident fit éclater le flacon d'acide chlorhydrique, mais le lendemain je trouvai mon pauvre Cyclame dans un état pitoyable ; ses pétioles et ses pédoncules étaient couchés sur les bords du vase ; il ne ressemblait plus à celui que je t'ai vu si naturellement peint à la gouache par Victor Viard : on eût dit que tous ses organes avaient été mordus et serrés dans un cercle de fer rougi. Le chlore m'avait joué ce mauvais tour ; le Cyclame des Indes était mort ! »

LES FIANCÉS DU LAC NOIR.

Cette ballade est presque textuellement extraite du roman de Schobry, chef de voleurs hongrois.

Quand la Flouve embaumait les collines fleuries.

La Flouve, — anthoxanthe odorant, — est une graminée printanière qui donne aux foins ces agrestes parfums tant aimés de J.-J. Rousseau.

Du noble sang des Magyars.

La noblesse Magyare est la plus ancienne des diverses races hongroises.

APHYLLANTE.

L'Aphyllante, en français Nonfeuillée, en patois Bragalou, est une petite Joncée, très abondante par les garrigues des provinces méridionales. Ses tiges, feuillées seulement à la base, sont grêles, cylindriques, terminées par un involucre fait d'écailles luisantes et roussâtres d'où s'échappe, au mois de mai, un calice à six divisions d'un bleu pâle. Ses fleurs sont douces à la bouche et parfumées comme du miel.

De l'irritable Droséra.

Les feuilles des Droséra, garnies de poils glanduleux, sont très-irritables et saisissent, en se repliant sur elles mêmes, les petits insectes qui s'aventurent dans leur réseau perfide.

LE COLCHIQUE.

L'Adoxe moschatelline, ou musquée, fleurit en avril; l'Ancolie, en juin; et la Cupidone, au mois d'août. Le Colchique est une fleur éphémère dont la vue, dans les prairies d'automne, attriste l'imagination. Sa bulbe — ou son bulbe, comme l'on voudra, — est profondément enfoncée en terre, et vers la mi-septembre émet une corolle longuement tubulée, d'une couleur rose-pâle. L'ovaire est au fond du tube, appliqué sur les flancs mêmes de la bulbe. Les fleurs n'ont ni tiges ni feuilles apparentes. Neuf mois après la fécondation, les fruits et les feuilles apparaissent dans les prés où leur beau vert les fait aisément reconnaître.

Les chiens semblent deviner que le Colchique, appelé Tue-chien dans les campagnes, est un poison pour eux, car ils en évitent soigneusement les fleurs et les feuilles.

De ce que Médée, fille du roi de Colchos et amoureuse de Jason, facilita à son amant la conquête de la toison d'or par ses philtres et ses conjurations magiques, il ne s'en suit pas que le Colchique, — bien que son nom lui vienne de la Colchide, — doive être seul chargé des crimes de la terrible magicienne. C'est une justice que, dans cette note, nous nous plaisons à rendre à la pauvre fleur.

—

AIGUEMORTE.

Le fond de cette ode repose sur une donnée historique. Au 15e siècle, Aiguemorte eut ses vêpres siciliennes, comme quelques-unes des villes où Charles-le-Téméraire entretenait garnison ; 500 hommes d'armes du duc de Bourgogne, commis à la garde de la ville conquise, y furent surpris, une nuit, par les habitants, massacrés et jetés pêle-mêle dans les souterrains de la tour de St-Louis. Les cadavres furent recouverts de sel, afin d'empêcher que leur putréfaction n'occasionnât quelque maladie pestilentielle. Cette tour a été appelée depuis, la TOUR DES BOURGUIGNONS SALÉS.

Aiguemorte n'était qu'un amas de cabanes lorsque St-Louis y donna rendez-vous à son armée, pour sa malheureuse expédition de Tunis. Les Croisés, décimés par les fièvres assez communes dans ces lieux marécageux, enterraient leurs morts dans l'endroit appelé encore de nos jours les TOMBES. Nous l'avons traversé bien des fois, le vieux cimetière ! bien des

fois nous avons remué l'arêne avec la houlette de l'herborisa-
teur, mais jamais le sol n'a rendu sous nos pas un son lugubre
et caverneux. Nous avons eu, sans doute, l'oreille moins fine
que M. Alexandre Dumas.

La ville actuelle fut bâtie sur les plans, et d'après les conseils de Louis IX, par Philippe-le-Hardi, son fils; et vous
ne diriez pas, à la voir ceinte de murs crénelés, tout hérissés
de tours, que depuis bientôt cinq siècles le vent de la mer en
use les pierres taillées à facettes.

Aiguemorte est le bijou le plus mignon et le plus intact
que nous ait légué le moyen-âge.

> Montpellier, comtesse espagnole,
> Cédée un jour pour une obole
> Aux Francs, de ses joyaux épris.

Tandis que Jaime II, petit-fils de Marie de Montpellier et
de Pierre d'Aragon, guerroyait contre son neveu Alphonse,
pour rentrer dans sa part d'héritage paternel, Berenger de
Fredol, évêque de Maguelonne, fit abandon de ses droits sur
Montpellier au roi de France, en échange de trois bicoques :
Sauves, Durfort et Fontanès : trois cailloux pour un diamant!
Don Jaime, outré de cette indigne lâcheté, protesta; mais le
marché était conclu, et Philippe-le-Bel était le plus fort.

> Brille sa tête lumineuse
> Sur les créneaux de ses remparts.

Le phare, transporté maintenant au Grau du Roi.

LA BELLADONE.

La Belladone, à qui Linné a imposé, comme générique, le nom lugubre d'Atropa, est une plante au feuillage sombre. Elle croît dans les grands fossés et sur les bords des bois montueux. Ses fleurs viennent, solitaires, à l'aisselle des feuilles et retombent en cloches d'un rouge ferrugineux. Ses fruits sont gros comme de petites cerises et d'un bleu foncé. Pris à l'intérieur, ils causent le délire, l'assoupissement et la mort. Poiret, dans son histoire des plantes d'Europe, dit que plusieurs enfants, séduits par la douceur apparente de ses baies, en ont été empoisonnés.

Les Italiens retiraient par la distillation de ses feuilles une eau que les dames employaient à entretenir la fraîcheur et le coloris de leur teint, d'où lui est venu sans doute son nom spécifique de Belladone (jolie femme). Mais cette plante a beaucoup perdu de ses propriétés cosmétiques, ou bien nous avons eu la maladresse de laisser égarer la recette italienne. L'eau distillée de cette solanée est aujourd'hui sans vertu et sans usage.

———

LE SCIRPE.

Cueilli à Ste-Hélène sur la tombe de Napoléon, nous devions une feuille et une tige de cet humble végétal à l'amitié de

Mme Clara-Francia Mollard, l'auteur des *Grains de sable*, — cette belle muse au cœur d'enfant qui sut penser comme un sage, écrire comme un ange, et mourir comme une sainte. —

Elle s'est éteinte dans la vigueur de l'âge et du talent avec cette prévision fatale qui semble marquer au poëte l'heure où il doit rentrer dans le sein de Dieu. Nous avions su trop bien apprécier tout ce que renfermait de perles et de diamants cette ame noble et candide, pour rester infidèles à sa mémoire.

Les Scirpes sont des végétaux sans éclat, sans parfums, et ressemblant, pour la plupart, aux joncs de nos marais, bien qu'ils n'appartiennent pas à la même famille. Leurs fleurs sont disposées en épi et naissent sur des écailles superposées. Leur tige est ronde ou triangulaire, lisse ou marquée de légères stries, et presque toujours nue, excepté à la base où les feuilles leur forment une sorte de fourreau. On les trouve dans les lieux humides et marécageux.

Pour tirer du néant cette herbe sans écorce.

La tige des Monocotilédons est regardée par tous les Botanistes comme dépourvue de véritable écorce : — le Scirpe appartient à cette division.

Du sombre Val de Sinn désertant les scories.

L'empereur dormait à Sainte-Hélène dans la vallée volcanisée de Sinn.

LE LUTIN DE BAGNOLS.

L'idée superstitieuse de cette Ballade est très-répandue parmi les habitants de la petite ville de Bagnols. Nous avons cru acquitter une dette en la dédiant au bon ami à qui nous en sommes redevables.

Comme un torrent fougueux vers la Cèze emporté.

La Cèze est une rivière torrentueuse qui coule tout près de Bagnols (Gard.)

—

LES DEUX FLEURS.

Nous devons l'idée et presque toutes les expressions de ce Fabliau à la Gaule poétique de Marchangy.

—

CALTHA.

Les fleurs du Caltha ressemblent à des corbeilles dorées; leur épanouissement au bord des marais et des ruisseaux, dans les premiers beaux jours, a quelque chose de juvénile et de joyeux qui semble contraster avec son nom vulgaire de *Souci des eaux*; mais leur corolle sans calice et mélancoliquement penchée, invite l'ame à des émotions tristes.

Le Caltha a le port des renoncules ou boutons d'or, mais ses fleurs sont plus grandes et sans calice, comme nous l'avons dit. Elles doublent rarement à l'état sauvage. Ses feuilles sont assez grandes, d'un beau vert et presque arrondies.

SCILLA MARITIMA.

Commune sur le littoral de la Normandie et de la Bretagne, en Espagne et dans le Comté de Nice, la Scille maritime ne se trouve pas dans les landes occitaniques. La science nous pardonnera cette licence géographique en songeant qu'elle pourrait nous adresser des reproches beaucoup plus sévères.

La Scille maritime est une fleur qui mérite le nom de patricienne du règne végétal, accordé par le législateur de la botanique aux Liliacées. Sa hampe s'élève à la hauteur d'un mètre et se termine par un brillant épi conique de fleurs ouvertes en étoiles blanches. Ses feuilles sont larges et toutes étalées sur le sol après la fructification. Sa bulbe est composée de tuniques rougeâtres, qui contiennent un suc âcre et vénéneux; elles portent le nom de Squames et sont employées en médecine depuis Épiménide et Pythagore.

LA PHOLADE.

La Pholade, *Pholas dactylus* est un mollusque très-commun sur nos côtes. Sa coquille blanche fragile, allongée, rayée de stries longitudinales et de bandes transversales, est largement ouverte à l'une et à l'autre extrémité latérale. Elle renferme un animal phosphorescent. Soit que ce mollusque répande une liqueur acide qui lui facilite la perforation des roches maritimes, soit que la pointe aiguë de son enveloppe calcaire, agissant comme une vrille sur le granit, finisse par le trouer à la longue, il n'en est pas moins vrai que les pholades peuvent percer les rochers les plus durs ; à plus forte raison la carène des navires.

On a trouvé les colonnes d'un temple de Neptune, au bord de la mer, criblées de trous faits par ces mollusques qui s'y étaient logés en famille.

Jouer et folâtrer sur les lits de Zostère.

La Zostère est une plante qui n'appartient pas le moins du monde à la famille des Algues, quoique on l'appelle Algue marine : c'est une Potamée que les flots jettent à la côte dans les lieux abrités où elle s'entasse en couches moëlleuses qui ressemblent de loin à de noires pelouses.

LA MANDRAGORE.

Nous avons cherché à réunir en faisceau les croyances superstitieuses qui s'attachaient à la Mandragore.

La racine de cette plante se bifurque de manière à imiter grossièrement une miniature du corps humain, sans bras et sans tête. Telle est l'origine des mille fables qui ont été répandues à propos d'un végétal dont toutes les vertus se bornent à jouir des propriétés stupéfiantes de la Belladone. Pythagore l'appela Ανθρωπόμορφον, et Columelle *Semi homo*. Pythagore et Columelle ne voulurent pas voir que la bryone très-souvent, le navet quelquefois, et jusques à l'innocente carotte affectent cette même configuration dans leurs racines· Partis de là, les anciens, après avoir attribué à la Mandragore une influence sur la génération et des propriétés magiques dans les philtres amoureux, allèrent jusques à lui supposer une existence animale, et préférèrent celles qui avaient été cueillies sous un gibet, parce que l'ame du criminel, sans doute, n'avait pas manqué de se réfugier dans le végétal antropomorphe. Cette idée nous explique les mystérieuses précautions à prendre pour sa récolte, et les cris plaintifs que poussait la Mandragore lorsqu'on l'arrachait violemment de terre:

Mais la crédulité humaine ne s'arrêta pas en si belle route: bouillie avec l'ivoire, la Mandragore rendait ce dernier aussi maniable que la cire; pliée dans un linge sous le chevet du pauvre, elle changeait sa misère en opulence; renfermée dans un tiroir avec une somme d'argent, elle la doublait toutes les vingt-quatre heures.

Sous le paganisme, elle guérissait du mal d'Hercule *tout aussi bien que les eaux lustrales*; au moyen-âge, elle délivrait les possédés du diable *ni plus ni moins que les exorcismes*; enfin, l'apparition de ses feuilles en automne servait de baromètre aux Mathieu Laensberg de village. Sa métamorphose en étoile lumineuse est d'invention plus moderne.

Bertoloni compte trois espèces de Mandragore, dont une seule fleurit au printemps.

(THÉOPHRASTE, PLINE, C. NODIER, BERTHOLONI.)

> Vous dont un époux adoré
> N'a jamais fécondé la couche,
>
> . . . .
>
> Mes Dudaïm croissent encore.

Rien dans les textes sacrés ne reconnait cette propriété au Dudaïm. Tout ce que nous savons, c'est que la Sulamite semble indiquer leur floraison avant celle de la vigne et que Ruben les cueille au temps de la moisson. St Jérôme, en traduisant, après les Septante, ce mot hébreu par Mandragora, ne se dissimulait pas sans doute que les Dudaïm n'avaient rien de commun avec les Mandragores de Téophraste et de Pline. Linné n'a jamais cru sérieusement que son concombre Dudaïm fût le fruit vendu à Rachel par Lia, mais il fallait un esprit de vilebrequin, comme Bruckman et Virey, pour y déterrer des truffes ou des tubercules d'Orchis : surtout lorsque rien dans la Genèse, rien dans le Cantique des Cantiques n'accorde à ces malheureux Dudaïm la moindre faculté excitante.

Entre les erreurs dans lesquelles sont tombés les hommes à propos de la Mandragore, cette dernière n'est pas la moins ridicule, et nous ne pouvions la passer sous silence.

L'ABRONIE.

Originaire des côtes de la Californie, cette Nyctaginée fut envoyée de Botany-Bay en France, par le jardinier Collignon, l'un des malheureux compagnons de Lapérouse. Elle a le port de la Primevère élevée, la tige d'une Valériane, et la corolle en soucoupe des Pervenches; les cinq divisions de son limbe floral ressemblent à des cœurs renversés. Ses fleurs sont en ombelle.

(LAMARCK. — JAUME ST-HILAIRE.)

> Viens-tu des bords où le Tyhon
> Roule en collier la frêle tige
> De l'Epidendre qui voltige
> Sur les montagnes du Nyphon.

D'après Kempfer, l'*Epidendrum monile* fleurit sur les montagnes du Japon, même après avoir été déraciné par les ouragans qui le suspendent parfois comme un collier aux rameaux des arbres sur lesquels il est, du reste, parasite.

> Comme fait aux cieux le Tuba,

Arbre fabuleux de la mythologie mahométane.

> Aux mangles de Vanikoro

C'est au milieu des recifs des îles Mallicolo ou Vanikoro qu'une horrible tempête jeta de nuit *l'Astrolabe* et la *Bous-*

sole, les deux vaisseaux de Lapérouse. On voit, par le récit des naturels même, que ceux-ci cherchaient à piller ou à massacrer les naufragés échappés à la mer. Pas un n'a revu sa patrie. L'infortuné Dumont d'Urville éleva à la mémoire de ses malheureux compatriotes un pieux cénotaphe, avec une inscription, sous les mangliers de ces îles funestes.

(DUMONT-D'URVILLE. *Voyage autour du monde*).

—

SILVARÉAL.

Si vous en exceptez la partie dont l'agriculture s'est emparée, Silvaréal avec ses bouquets de pins maritimes rabougris, ses touffes maigres de Phillyrées à feuilles aiguës, ses groupes de Rhamnes alaternes étiolés, semble avoir reçu le nom pompeux de forêt royale par antiphrase ou par dérision. C'est une plaine aride jetée au sud-est d'Aiguemorte, et platement entrecoupée de dunes, de steppes, de marais et de roubines — espèces de canaux irrigateurs qui portent aux plantes marécageuses les eaux du Rhône mort, misérable fleuve qui ne se souvient pas d'avoir descendu le Saint-Gothard, traversé le Léman, arrosé Lyon, baigné les remparts de la rivale de Rome chrétienne, et qui s'endort là, comme un paresseux énervé, au milieu de fétides broussailles : voilà pour le paysage. Voici les habitants : des taureaux noirs, des chevaux d'un blanc sale, des moutons étiques, des pâtres déguenillés et des pêcheurs à qui nulle épithète civilisée ne saurait convenir. N'oublions pas le douanier inséparable de sa ligne. Le fort remonte, selon les uns, à la fondation d'Aiguemorte : chose peu croyable. Selon d'autres, et plus probablement, au règne de Louis XIV; il dut servir à faire peur aux Anglais qui infestaient les côtes du Languedoc et cherchaient à soutenir la trop juste révolte des protestants Cévenols. La ferme d'exploitation agricole ressemble à toutes les fermes qui ne sont pas *modèles*. Les Bimanes habitants de ces Pampas logent dans des cabanes de chaume. La seule pierre connue dans ces habitacles est placée au milieu de la pièce unique de l'appartement et y sert de foyer. Il est inutile de dire que la fumée se dispense bravement de suivre un tuyau de cheminée, et, nonchalante, sort,—quand elle peut sortir,— par une ouverture exiguë faite au plafond de la cabane. Silvaréal est un pays giboyeux. Tous les ans, pendant les grands froids, quelques jeunes gens, chasseurs déterminés, vont se fumer comme des harengs saurets, dans les cabanes d'où ils reviennent méconnaissables à l'œil d'une mère, ce qui ne les empêche pas de soutenir qu'ils s'y sont prodigieusement amusés. Une seule expérience suffit à ceux qui jouissent de la plénitude de leur raison ; mais le reste persiste, et toutes les années, du 20 au 30 décembre, va tuer des canards et des lapins dans le carnier des leveurs de chasse,— seul épisode de l'excursion sur lequel ces Nembrod improvisés soient d'un mutisme au-dessus de tout éloge. —

La poésie n'a rien à faire à Silvaréal, à moins qu'il ne lui plaise de rêver aux naïves superstitions des saintes Maries, toutes voisines; de songer aux felouques sarrasines qui désolèrent le littoral du golfe de Lyon au moyen-âge; et de réédifier les grands bois où durent se cacher les Teutons échappés à leur sanglante défaite de la Camargue, — si toutefois Marius a défait les frères des Cimbres dans la Camargue. —

LA JOSÉPHINIE.

C'est en 1803 que fleurit pour la première fois, en France, cette jolie bignoniacée. Ses graînes, semées à la Malmaison, avaient été apportées de la nouvelle Hollande par le capitaine Hamelin, commandant la corvette *le Naturaliste*. Ventenat eut l'heureuse et reconnaissante idée de lui donner le nom qu'elle porte. On nous a fait observer et avec raison, que c'était plus qu'un tort d'avoir associé au souvenir de la belle et bonne Impératrice le souvenir d'une de ces passions insignifiantes dont les poëtes sont si prodigues et les lecteurs si dégoûtés ; *mais, tout en battant notre coulpe*, nous avons dit comme l'abbé Vertot : *Mon siege est fait*.

La tige de la Joséphinie impériale ou de l'impératrice est cylindrique dans sa partie inférieure et tétragone supérieurement, semée de feuilles pétiolées, pendantes et faites en forme de cœur. Le gris et le rose se fondent dans la teinte de sa corolle à deux lèvres. L'ovaire mûr est un fruit charnu, à noyaux, hérissé de pointes à la surface. Ses graines lèvent dit-on, sous le climat de Paris, en pleine terre.

(VENTENAT, R. BROWN.)

SCILLA AUTUMNALIS.

Moins gracieuse que la Scille à deux feuilles, la Scille d'automne, plus commune dans les contrées méridionales, aime les terrains sablonneux et arides. Son galbe floral est empreint de la tristesse habituelle aux végétaux qui s'épanouissent en automne et que nulle expression technique ne saurait défininir ou décrire. Ses fleurs en épi, moins grandes et d'un bleu moins agréable que celles de sa congénère, affectent une teinte violacée. Ses feuilles naissent après les fleurs; mais très-souvent, arrêtées et engourdies par les gelées d'octobre, elles ne se développent qu'au mois d'avril, époque où on les voit, menues et filiformes, se répandre sur le sol que sa bulbe a choisi.

LE GUI.

« Un jour Balder raconta à sa mère Friggis qu'il avait songé qu'il mourait. Friggis conjura le feu, les métaux, les pierres, les maladies, l'eau, les animaux, les serpents de ne faire aucun mal à son fils, et les conjurations de Friggis étaient si puissantes que rien ne pouvait lui résister. Balder allait donc dans les combats des dieux, au milieu des traits, sans rien craindre. Lock, son ennemi, voulut en savoir la raison; il prit la forme d'une vieille, et vint trouver Friggis; il lui dit: Dans les combats, les traits et les rochers tombent sur votre fils Balder sans lui faire aucun mal. — Je le crois bien, dit Friggis, toutes ces choses me l'ont juré: il n'y a rien dans la nature qui puisse l'offenser; j'ai obtenu cette grâce de tout ce qui a quelque puissance. Il n'y a qu'un petit arbuste à qui je ne l'ai pas demandée, parce qu'il m'a paru trop faible:

il était sur l'écorce d'un chêne ; à peine avait-il une racine. Il s'appelle *Mistiltein* (c'était le Gui). » Ainsi parla
Friggis. Lock courut aussitôt chercher cet arbuste ; et ve-
nant à l'assemblée des dieux pendant qu'ils combattaient
contre l'invulnérable Balder, car leurs jeux sont des combats,
il s'approcha de l'aveugle Hœder. — Pourquoi, lui dit-il , ne
lances-tu pas des traits à Balder ? — Je suis aveugle , dit
Hœder, et je n'ai point d'armes. — Lock lui présente le Gui
de chêne , et il lui dit : « Balder est devant toi. » L'aveugle
Hœder lance le Gui : Balder tombe percé et sans vie.

(BERNARDIN DE S. PIERRE, Études de la nature.)

On a cru voir dans cette fable , la XXVIIIme de l'Edda,
l'origine du respect porté au Gui ; cette opinion s'accorderait
parfaitement avec les idées religieuses des peuples du Nord
qui semblent avoir voulu diviniser la destruction. L'INCEN-
DIAIRE était une des épithètes de leur grand dieu Odin ; et
Thor s'appelait l'EXTERMINATEUR. Mais quelle que soit la cause
ou l'origine de cette vénération pour un arbrisseau parasite
nous la croyons Celte plutôt que Scandinave. L'Odinisme, plus
jeune que le Druidisme, dut emprunter à celui-ci la superstition du Gui ; autrement l'on est obligé d'admettre que le culte
du Gui de chêne n'est guère plus âgé que le Christianisme.
Odin, roi des Ases, peuples situés entre la mer Caspienne et la
mer Noire, était contemporain de Mithridate ; ce ne fut qu'a-
près la mort du roi de Pont, 65 ans avant J.-C., qu'Odin con-
quit le nord et fonda la religion à laquelle il a donné son
nom et dont il fut le dieu principal. Pline, un siècle environ
après Odin, parle de l'admiration des Gaulois pour le Gui, non
pas comme d'une superstition nouvelle — ainsi que Tacite
à la même époque faisait du christianisme, — mais comme

d'une cérémonie druidique établie depuis longtemps. Il est probable qu'un Scalde, voyageur aux pays des Celtes, en rapporta le culte du végétal parasite et le consacra chez les Scandinaves par le Mythe de Balder.

Le Gui parasite sur les chênes est fort rare ; c'est peut-être à cette rareté même qu'il faut attribuer la vénération de nos ancêtres pour cet arbrisseau : *est autem id rarum admodum inventu, et repertum magna religione petitur*, dit Pline. M. de Candolle, malgré ce texte, est tenté de croire que le Gui Druidique était un Loranthus. La fable de Balder et les expressions du naturaliste romain nous semblent tout-à-fait contraires à cette opinion. Le *Loranthus europæus* de Jacquin est un arbrisseau parasite que l'on trouve *passim in quercubus* ; sa tige peut acquérir un pouce de diamètre et s'élève souvent jusques à quatre pieds de hauteur. Comme on le voit, d'après cette dimension, le loranthe devait fournir un gourdin respectable ; et entre les mains d'un dieu aveugle il pouvait devenir une arme assez dangereuse. Il n'y aurait par conséquent rien de miraculeux dans la mort de Balder, si ce n'est l'inconcevable oubli de Friggis à l'endroit du Gui. Mais il suffit de lire Pline pour voir que le véritable Gui —notre *viscum album*,—n'atteignait jamais à ces proportions gigantesques. — *Altitudo ejus non excedit cubitalem*, une coudée, un pied et demi environ. En outre il est toujours vert, dit Pline, et l'écorce du loranthus est d'un brun foncé, *(cortex fuscus, Jacquin)*. Pline parle du loranthus sous le nom d'Hyphear et il a bien soin de dire que cette espèce de gui était *copiosissimum in quercu*, tandis que l'autre n'y était pas apparemment plus commune que de nos jours. Toutefois nous nous donnerons bien garde d'affirmer que dans un moment de disette du Gui sacré la fourberie des prêtres ne l'ait pas remplacé par le loranthe. Mais cette friponnerie religieuse,—si elle a eu lieu,—n'infirme en rien notre opinion basée sur le témoignage authentique de Pline et de Jacquin.

Voyez, pour l'intelligence du texte, la clé mythologique ci-après.

CLÉ MYTHOLOGIQUE.

ALFADER. Le père universel des hommes et des dieux, le Destin.

ASGARD. Ville, forteresse, palais des dieux.

BALDER. Second fils d'Odin et de Friggis, époux de Hanna. C'est le plus beau et le meilleur des dieux.—Il préside à la paix, il voit l'herbe croître dans les prairies, et son ouïe est si délicate qu'il entend pousser la toison des agneaux. Son regard est éblouissant. Les Scaldes appelaient la fleur la plus blanche, Sourcil du Dieu Balder.

BORE. Père d'Odin et l'inventeur de l'hydromel.

BRAGA. Dieu de la poésie et de l'éloquence. C'est aux accords de la lyre de Braga que les dieux ressuscitaient après leurs combats dans le Vahalla.

DOLMIN. Pierres druidiques qui servirent d'autels aux prêtres Celtes, ou de tombeaux aux guerriers de cette nation.

EGRA. Déesse de la médecine ; Hygie scandinave.

ERIN. Ancien nom de l'Irlande.

FENRIS (le loup). Fils de Lock. Les dieux l'ont enchaîné par ruse, mais à la fin du monde il brisera sa chaîne, et ouvrant une gueule immense, dont la mâchoire inférieure touchera la terre et la supérieure s'élèvera jusques au ciel, il dévorera les hommes et les dieux.

FIALAR. Perché sur un palmier aux feuilles d'or, le Fialar ou çoq rouge, éveille les enfants d'Odin et les appelle aux combats.

FREY. Fils de Nior. C'est le dieu du printemps et de la jeunesse.

FRIGGIS ou FRIGGA. Reine des éléments, épouse d'Odin, mère de Thor et de Balder. — Cybèle scandinave.

GÉFIONE. Déesse de la chasteté.

HEIMDALL, surnommé aux dents d'or, parce que ses dents sont de ce métal. Il est fils de neuf vierges qui sont sœurs. Heimdall surveille les mauvais desseins de Lock et réside au pont de Bifrost — l'arc-en-ciel. — C'est le Mercure du nord.

HÉLA. La Mort. Fille de Lock, sœur du loup Fenris et du serpent de Midgard, reine du Niflein, (les enfers.) La moitié de son corps est bleue, l'autre est revêtue de la carnation humaine. Quand les cordes d'une harpe rendaient, sans qu'on les eût touchées, un son plaintif, c'était un présage de mort, un appel de Héla.

HOEDER. Le plus instruît de tous les dieux. Il est aveugle et prédit l'avenir.

IDA. C'est dans la plaine d'Ida qu'est bâtie la citadelle d'Asgard.

IDUNAL. Épouse de Braga. Les Scaldes la représentent avec une boîte où sont contenues des pommes dont les dieux mangeaient pour se rajeûnir, et qui procuraient l'immortalité aux héros.

LOCHLIN. Nom collectif des royaumes du nord, appelés aussi Scanie et Scandinavie.

LOCK. Dieu du mal. Il est d'une beauté parfaite. L'Odinisme a montré en cela plus de goût et de connaissance du cœur humain que les inventeurs de notre Satan. Celui-ci, avec sa vilaine queue et ses sottes cornes, est plutôt fait pour effrayer que pour séduire.

MIDGARD (roi de). Les dieux, enfants de Bore. Ils bâtirent le fort de Midgard avec les ossements du géant Ymer.

MIDGARD (le serpent de). Il entoure la terre et les mers de sa queue. Fils de Lock et frère du loup Fenris, il doit venir à la fin du monde, vomissant des flots de venin et infectant la terre et les eaux.

NIFLEIN. Séjour de Héla; partie des enfers destinée aux lâches.

NIORDER ou NIOR. Dieu des vents et des eaux, époux de Skada. Son trône est une large et splendide conque marine.

ODIN. Le Jupiter du nord. Souverain des hommes et des dieux.

ODINSÉE. Ville d'Odin ; la même chose qu'Asgard.

ROIS DU GLAIVE. Dans la mythologie guerrière des peuples du nord, tous les dieux présidaient aux combats, et la guerre était appelée le Jugement du glaive.

SINAÏS. Déesse qui annonçait aux combattants du Vahalla la fin de la bataille.

SURTUR. Prince des noirs génies. Les dieux l'ont enchaîné sur une roche de feu, d'où il s'échappera à la fin du monde, armé d'un glaive, sur lequel flamboie un mobile soleil, et précédé d'un déluge de flammes.

THOR. Fils aîné d'Odin et de Friggis ; le plus fort des dieux.

UPSAL. Le temple élevé, dans la ville d'Upsal, à la trinité scandinave, Odin, Thor et Friggis, était pour les peuples du nord ce que fut le temple de Jérusalem pour les Juifs. De là, chez les uns et chez les autres, l'Upsal et la Jérusalem célestes pour désigner le ciel.

VAHALLA. Paradis des Scandinaves. Tous les matins, au chant du Fialar, les dieux et les héros sortaient de leur palais et se livraient entr'eux des combats acharnés dans la plaine d'Ida. Ils se tuaient, mais à la voix de Sinaïs et aux accords de la lyre de Braga, ils ressuscitaient pour recommencer le lendemain. C'était là tous les plaisirs de l'Olympe du Nord.

VALKYRIES. Elles étaient au nombre de douze et habitaient le Vahalla où elles versaient aux dieux et aux héros l'hydromel dans le crane de leurs ennemis. A ces fonctions d'Hébé, elles joignaient celles de Parques et désignaient aux glaives les guerriers qui devaient succomber dans la bataille.

VANADIS. La même déesse que Freya appelée la fée aux larmes d'or. C'était la Vénus et la Fortune de la Scandinavie.

VARA. Déesse des serments et de la vérité.

VELLEDA. Nom commun à plusieurs druidesses.

VINGOLF. Palais réservé spécialement aux déesses.

VOIX (de la guerre). Le bouclier des chefs était orné de sept bosses qui, frappées avec la lance, rendaient chacune un son différent. Les bosses ou plutôt les sons qu'on en tirait s'appelaient voix de la guerre. Quand le chef frappait sur les sept bosses, c'était le signal d'une guerre d'extermination.

VOLLA. Fameuse prophétesse à qui l'on a attribué la Voluspa ou Apocalipse du Nord.

YDRAZIL (le Frène.) C'est le plus beau et le plus grand de tous les arbres. Les dieux se réunissent sous son ombre pour boire l'hydromel et rendre la justice.

FIN DES NOTES.

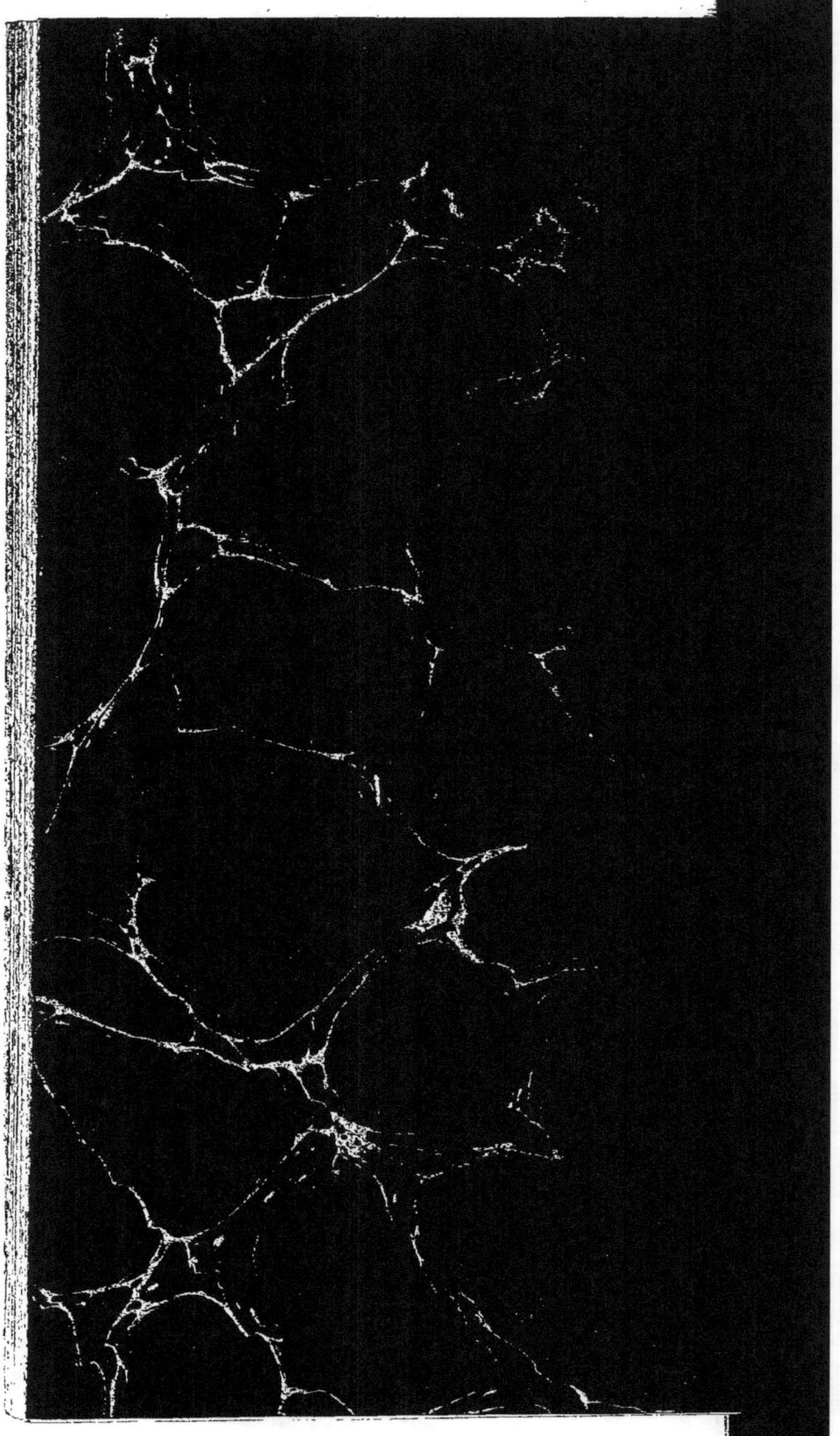

BIBLIOTHEQUE NATIONALE DE FRANCE

3 7531 00595795 7

www.ingramcontent.com/pod-product-compliance
Lightning Source LLC
Chambersburg PA
CBHW070259030726
47505CB00004B/856